돌아보니
삶은 아름다웠더라

일러두기 일부 외래어 표기는 브라질 현지 발음을 바탕으로 표기하였습니다.

모든 어른 아이에게 띄우는 노부부의 그림편지

돌아보니
삶은 아름다웠더라

이찬재 그림 — 안경자 글

수오서재

돌아보니 삶은 아름다웠더라

1판 1쇄 발행 2019년 3월 6일
1판 2쇄 발행 2019년 3월 18일

지은이	이찬재, 안경자
발행처	수오서재
발행인	황은희, 장건태
기획	황은희
책임편집	마선영
편집	최민화
디자인	권미리
마케팅	장건태, 이종문
제작	제이오
주소	경기도 파주시 회동길 337-16, 302호(10881)
등록	2018년 10월 4일(제406-2018-000114호)
전화	031)955-9790
팩스	031)955-9796
전자우편	info@suobooks.com
홈페이지	www.suobooks.com
ISBN	979-11-965885-2-6 03810 책값은 뒤표지에 있습니다.

이 도서의 국립중앙도서관 출판시도서목록(CIP)은 서지정보유통지원시스템
홈페이지(http://seoji.nl.go.kr)와 국가자료공동목록시스템(http://www.nl.go.kr/kolisnet)에서
이용하실 수 있습니다. (CIP제어번호: CIP2019005967)

도서출판 수오서재守吾書齋는 내 마음의 중심을 지키는 책을 펴냅니다.

Drawings for My Grandchildren
Copyright © 2019 by Chan Lee & Kyong Ahn
Korean Translation Copyright © 2019 by Suo Books
Korean edition is published by arrangement with Hodgman Literary LLC through Duran Kim Agency.

모든 것은 마음에 있단다.

마음이 그렇게 이끄는 거야.

오늘도 우리는 무엇을 그릴까 생각한다. 소재를 찾고 이야기를 나누고, 남편은 그림을 그리고 나는 글을 쓴다. 화가도 아니고 작가도 아닌 우리가.

우리 부부는 동갑내기다. 1942년 말띠, 61학번. 같은 대학에서 만나 소문나게 사귀었으니 공유하는 게 오죽 많겠는가? 군대 3년은 오히려 내가 끙끙 앓으면서 대신 갔다 온 듯하고, 거의 매일 만나 쉼 없이 많은 말을 나누었다. 물론 다 기억나지는 않지만, 아! 통기타 가수들이 부르는 Blowin' in the Wind를 들었던 기억은 또렷하다.

결혼은 1967년, 우리 나이 스물여섯에 했다. 참 빨리도 했다. 아이는 갖지 않기로 서로 이야기를 했다. 신길동 남의 집 조그만 부엌 딸린 문간방에서 출발했다. 붉은 벽돌집, 아직도 눈에 선하다. 남편은 지학과 나는 국어과, 우리는 맞벌이 교사 부부였다. 아이는 필요 없다고 하다가 '그게 아니지' 하여 1971년 3월 1일, 이른 아침에 첫 아이를 낳았다. 재산목록 1호라며 아사히 펜탁스 카메라를 산 건 오로지 아이를 찍기 위함이었다. 우리는 '딸 아들 구별 말고 둘만 낳아 잘 기르자' 표어에 충실한 의식 있는 젊은 부부였다. 아니다. 의식은 무슨! 그 시절엔 다 그랬다. 밤낮으로, 어디서든 만나는 그 구호는 꼭 지켜야만 하는 신기한 설득력을 가지고 있었다.

이민 짐을 싼 친정 식구들이 브라질로 떠났고, 이듬해 1975년 3월 딸이 태어났다. 혼자서 얼마나 울었던지……. 까닭도 없이 눈물은 흐르고 흘렀다. 그때는 그런 말도 없었으니 몰랐지만, 아마도 산후 우울증이었겠다 싶다. 그해 여름 우리는 '대한전선'의 냉장고를 샀다. 부엌에 들여놓으며 재산목록 2호라고 속삭이던 행복했던 시절. 담장에는 붉은 찔레꽃 넝쿨이 뻗어가고, 마당 작은 연못에 사는 금붕어, 강아지 꽁꽁이가 아들의 친구였고, 마당에서 토끼도 길렀다.

그러던 어느 날, 브라질에서 친정아버지가 오셨다. 출가한 딸 셋을 놔두고 3남 1녀를 데리고 갔는데 이제 다시 그 세 딸마저 데리러 오신 것이다. 아버지는 세 사위를 따로따로 만나 물었다. 가겠느냐고. 세 사위들 대답은 모두 "네!", 그러자 이번에는 세 사돈에게 허락하 겠느냐고 물었고 대답은 같았다. 1981년, 김포공항에서 비행기를 탔 다. 아무 두려움도 없이.

친정 동생들 도움으로 무사히 썽빠울로에 정착했다. 2년 후 이민의 때가 조금 묻을 때쯤, 우리는 '보찌끼 심포니Boutique Symphony'라는 옷 가게를 열었다. 남편이 새 의류를 사오면 나는 세 명의 브라질 직원 과 함께 파는 일을 맡았다. 그해도 그 이듬해도 크리스마스 장사가 잘 되어 아이들도 가게에 나와 선물 상자를 접었고, 판매를 도울 아 르바이트 학생을 두어 명 더 구해야 했다. 장사란 직업이 이렇게 신 나다니, 정말 박사 위에 장사 맞네! 물론 우리는 브라질 경제가 늘 그 럴 줄만 알았다. 그건 우리가 어리석어서도 아니었고, 브라질 신문 을 읽지 못해서도 아니었다. 불확실성의 세계, 예측불허의 세상이 도래한 것을 체감하지 못하고 관성의 법칙대로 어제처럼 오늘을 산

소시민의 근성 때문이었다. 브라질 교포들은 지금까지도 해마다 이렇게 말한다. "작년만 못해. 큰일이야." 그럼 브라질 사람들은 이렇게 말하지. "좋아질 거야Vai melhorar."

딸이 연년생으로 낳은 알뚤과 알란은 우리의 천사였다. 품에 안을 때면 먼 옛날 신당동에서 안았던 내 아들이 되기도, 어느 때도 느껴보지 못했던 보드라움 그 자체가 되기도 했다. 이 사랑은 노년의 큰 은총이었고, 아이들이 세 살이 되면 나도 세 살, 초등학교 1학년이 되면 나도 1학년생이 되었다. '꼭꼭 숨어라' 놀이도 함께했고, 'A'로 시작하는 낱말 말하기 놀이도 같이 했다. 은퇴한 남편은 두 외손자가 커서 학교에 들어가자 이후 5년간 등하교를 맡았다. 아이들과 같이 있던 가장 편안했던 시간, 그러다 갑자기 딸네는 한국으로 가겠다고 선언했다. 정말 갑자기.

2015년 1월 딸네를 보내고 멍하니 텔레비전 앞에만 앉아 있을 아버지가 걱정된 건 멀리 떨어져 사는 아들이었다. 어느 날 느닷없이 말했다. "아버지, 그림을 그리세요." 어릴 적 아버지가 엽서에 그림을 그려 보내주었던 걸 기억해낸 것이다. 하지만 세월 따라 어느덧 완고해진 아버지는 귓등으로도 듣지 않았다. "별소리! 안 하던 그림은 무슨!" 그러나 인스타그램이란 걸 알게 된 나는 아들과 연합했고, 남편이 일상의 이것저것을 하나씩 그리면, 나는 그것을 매일 올리는 일을 시작했다.

수개월 후, 아들은 일흔 살이 넘은 노인네가 왜, 어떻게 인스타그램을 하게 되었는지를 아주 간단한 영상으로 만들어 페이스북에 올렸다. 그 중간에 이런 이야기가 나오는데, 거기에 이르면 나도 울컥해지고 만다.

손자 보러 뉴욕에 온 아버지가 어느 날 저녁 식사하며 문득 묻는다.

"우리 아스트로가 커서 이담에 어떻게 될까?"

"그건 왜요?"

"그때쯤엔 내가 이 세상에 없을 거 아니냐?"

아들은 순간 멍해졌다고 한다. 비로소 부모의 연로함과 내일에 대해 생각을 하게 되었다고. 그래서 손자들이 장성했을 때 할아버지가 어떤 분이셨는지 알게 하고 싶다는 마음으로 아버지께 손자들을 위해 그림 그리기를 제안했다고.

마침내 아버지는 동의했고, 손자들을 위한 그림을 그리기 시작했다.

아들이 만든 영상은 빠르게 전 세계 사람들의 마음에 가닿았고, '좋아요'는 몇백만에 이르렀다. 인스타그램의 이름을 'drawings_for_my_grandchildren', 손자들을 위한 그림들이라 했고, 할머니인 내가 그림의 이야기를 쓰면 아들이 영어로, 딸이 포르투갈어로 번역해주었다. 그림 사인은 For AAA. 손주들 이름인 알뚤Arthur. 알란Allan. 아스트로

(아로)Astro의 첫 글자를 땄다. 어디에 구속되는 것을 싫어하는 남편은 신통하게도 그 후 누구의 조력 없이 그림을 그려 사진을 찍고, 보정해 올리고, 공유하고, 댓글을 읽는 모든 과정을 해냈다. 실수하지 않으려 애를 많이 썼고 어느 정도 익숙해지긴 했어도 결코 쉬운 일이 아님을 나는 알고 있었다. 노인들이 하는 일은 믿을 수 없기 때문이고 하루만 안 해도 아리송해지는 게 컴퓨터나 휴대폰이기 때문이다. 아들의 영상이 BBC 기자의 눈에 띄어 기사화되면서 '손자들을 위해 그리는 할아버지의 그림들'은 유명해졌다. 여러 매체에서 인터뷰 요청이 쇄도했고, 옛 제자나 동문들이 연락해올 땐 참 신기했다. 전 세계에서 보내온 댓글들은 언제나 우리 가족을 감동시킨다.

한국말도 한글도 익숙하지 않은 채로 한국에 간 두 손자는 한국 생활을 좋아했다. 얼마나 놀랍고 고마웠던지……. 급식도 잘 먹고 자기들끼리 학교를 갔고 친구들과 공원에서 갖가지 운동도 즐겼다. 다만 한 가지. "할머니 할아버지 빨리 오세요."

그래서 우리 내외는 2017년 10월 말, 36년 만에 한국으로 돌아왔다. 그사이 한국은 선진국이 되어 있었다. 젊은이들의 키가 커졌고, 미세먼지를 조심하라는 경보가 휴대폰에 울리는 놀라운 나라가 되었다. 우리는 이곳에서 늘 그랬듯이 그림을 그리고 글을 쓴다. 어제처럼 오늘도, 그리고 오늘처럼 내일도 그렇게 그림을 그리고 글을 쓰겠지.

이호재, 안경자

◇
차
례

봄 | 땅을 내려다보지 말고, 별을 올려다보렴

○   여행길에서, 할아버지가

○   그땐 그랬지, 할아버지가

봄

땅을 내려다보지 말고,
별을 올려다보렴

29.09.17
For AAA

기억 속으로

말을 못 하는 아기 아로는 자꾸 할아버지 손을 끌고

자기 방으로 가자 한다.

할아버지가 북을 치면 아로는 춤추며 방을 돈다.

북 치는 할아버지도 춤추는 아로도 둘만의 흥에 빠져 있다.

시간이 흐르고 할아버지는 점점 시간을 잊어간다.

서너 살 때로 돌아간다.

아버지가 방문을 퉁퉁, 북 삼아 두들겨주면

그 장단에 춤을 추곤 했던 그때의 기억 속으로. 그때의 나이로.

두웅둥 둥둥 둥둥둥둥.

북소리 따라 할아버지가 옛날의 아버지가 되었을 때,

아로는 어느새 그 아버지의 아들, 지금의 할아버지가 되어 있다.

09.08.17
For A A A

아이에겐
아이의 말이 있다

알뚤과 알란이 자꾸 종알거리는 아로에게 묻는다.

"뭐라고?"

"티렉스, 티렉스⋯⋯."

알뚤이 알란을 어깨에 태우고, 그 어깨에 아로가 목말을 탄다. 아로
는 공룡 박사! 궁금한 게 많을 거야. 알뚤과 알란도 그랬으니까. 두
말 않고 아로를 올린다. 그래도 멀기만 한 티렉스 얼굴. 아로가 계속
재잘재잘 말하자 티렉스가 웃는다. 아로가 하는 말을 형들은 몰라도
티렉스는 알아들었나 보다.

아로는 이제 두 살.

아로에겐 아로의 말이 있다.

아로는 끊임없이 말한다.

형제들도 모르는 아로의 말,

티렉스는 알아듣는 아로의 말.

봄

세상의 모든 엄마와
아이에게

아로가 엄마랑 놀이방에서 놀고 있다. 지금 아로는 참 행복할 거야. 함께 노는 걸 좋아하니까. 엄마랑 있으니 더욱 즐거워 보인다. 아니, 그림 속 아이가 아로가 아니어도 좋다. 어떤 아인들 엄마랑 놀 때 행복하지 않을까. 같이 있기만 해도 좋은데.

아! 이 그림을 세상의 모든 일하는 엄마에게 주고 싶다. 몇십 년 전 나도 일하는 엄마였지. 오랜 기간 동안 일하는 엄마였어. 그래. 아이가 늘 걱정되는 모든 일하는 엄마에게 바치련다. 그리고 엄마가 일하러 가서 조금은 쓸쓸한 모든 아이에게도.

22.04.18
For AAA

우리가 다를까

개가 눈물을 흘리고 있다. 왜일까? 개를 식구로 길러본 사람은 안다. 개에게도 기쁨과 슬픔이 있고, 외로움과 반가움이 있다는 것을. 그림 속 개에게는 눈물을 흘릴 수밖에 없던 사연이 있어.

중국 쿤밍 개 농장의 개들을 구출하기 위해 동물보호단체가 모금을 해서 스무 마리를 구조했는데, 그중 한 마리가 구조해준 사람의 손길이 닿자 눈물을 흘리더래. 얼마나 기쁘고 안도감이 들었을까? 그 순간의 개의 마음을 상상해본다. 목숨을 구해준 사람이 너무도 고마워 눈물을 흘리는 저 개는 우리 인간과 무엇이 다를까?

실로 꿰맨
고무신

어느 스님의 고무신,

뒤꿈치를 꿰맸으니 아직도 한참 신을 듯하구나.

실로 꿰맨 흰 고무신을 보니 반갑기도, 슬프기도 하다.

내가 오늘 쓴 것들,

혹여 쓰지 않아도 되었던 것들,

나도 모르게 낭비한 것들에 대해 생각한다.

문득 너희 목소리가 듣고 싶은 순간이 찾아온다.

그럴 땐 이렇게 그림을 그리고 글을 쓴다.

09.4.16
Б,ААА

너의 모든 것

아로야,

네가 한 살 반쯤일 때 미술관에 갔단다.

반짝반짝 눈을 빛내며 여기저기 재미있게 구경하는 네 모습이

아직도 머릿속에 생생히 남아 있다.

특히 너는 앙리 루소의 그림들을 좋아했어.

그날을 떠올리며 나는 할아버지에게

〈꿈〉이라는 그림을 그려달라고 했다.

오늘 넌 어떤 꿈을 꾸었니?

우리가 볼 수 있게 그려줄 수 있겠니?

우리는 네 모든 것이 궁금해.

12.10.16
For AAA

봄

봄은
오는 듯 간다

썽빠울로에는 봄이 오는데
서울과 뉴욕에서는 가을이 가는구나.
계절은 여기저기서 가기도 하고 오기도 하고
머물기도 하고 지나가기도 한다.
썽빠울로의 봄은 아는 사람만 안다.
오는 듯 그렇게 간다.

21.01.19
for AAA

그때가 되면

아로가 창밖을 보고 있다.

꽤 오랫동안 내다보고 있다.

그 뒷모습에서 참 많은 게 보인다.

하루 종일 놀아주던 할아버지와 할머니를 떠올리겠지.

창밖 저 아래를 내려다본다.

할아버지, 할머니가 차를 타고 떠났던 때를 돌이켜본다.

쓸쓸한 아로의 뒷모습에 가슴이 찌르르해 온다.

아로야, 아직 그게 뭔지 모르겠지만

네 마음속에 작게, 아주 작게 새겨진 건

헤어짐이라는 아픔이란다.

그 아픔은 곧 그리움으로 바뀌게 될 거야.

언젠가 네가 이런 아픔을 또 겪게 되면

그때는 다시 만나는 기쁨이 있다는 것도 알게 되었기를.

11.02.18
For AAA

할아버지, 호오-

지난 어느 아침.

"아로야, 어서 와라. 잘 잤니?"

"......."

"왜, 어디 아파? 아로?"

"......."

아로는 할아버지 침대로 올라가더니 손가락으로 입을 가리킨다.

뭐에 부딪힌 모양이었다.

"아이고, 아프겠구나. 아로야, 할아버지가 호오- 해주면 안 아파."

할아버지의 호오 한 번에 아로는 금세 환히 웃으며 할아버지 손을

잡아끈다. 자기 방에 가서 놀자는 거겠지. 할아버지는 아로랑 아로

방에서 종일 놀고 있구나.

정다운 뒷모습

비 오는 날, 둘이 걷고 있다.
한 우산을 쓰고 나란히 집으로 돌아오는 너희 형제.
비가 내리지만 이것저것 볼 게 많은 형과 아우.
뒷모습이 참 정답다.

아이의 발

아이는 자란다.
시간마다
날마다
아이는 자란다.

01.09.15 For 세세세

13.08.17
FONAAA

누군가의 아들,
누군가의 아버지

어느 날, 길을 걷다 칼을 갈아주는 사십 대의 한 남자를 보았다. 발로는 바퀴를 돌리면서, 두 손으로는 칼을 잡고, 입으로는 노래를 부르며 즐겁게 열심히 자기 일을 하는 남자. 그에게 다가가 하루에 몇 개의 칼을 가느냐고 물었다. 여덟 개 혹은 열 개라고 답하는 그의 얼굴에 웃음이 가득하다. 칼 한 개 가는 데 얼마를 받느냐고는 차마 묻지 못했다.

그는 누군가의 아들일 것이고, 누군가의 아버지일 것이다.
브라질에서는 8월 둘째 주 일요일을 아버지의 날로 정해두었다.
아버지를 안아주는 날. 그것으로 충분할까마는
아버지는 그것만으로도 얼굴이 환해지겠지…….

12.02.17
For AAA

나비들이
날고 있다

나비들이 많이도 날고 있지? 참으로 아름다운 광경이야.

많이 있으니까 더욱더 빛나는 듯하다.

나비를 보다 보니 잊었던 옛 노래가 절로 떠오른다.

나비야, 청산 가자. 범나비 너도 가자.

가다가 저물거든 꽃에 들어 자고 가자.

꽃에서 푸대접하거든 잎에서나 자고 가자.

훨훨 날아, 다 같이 날아 청산으로 가자는 그 마음.

옛날 사람들도 인간세계를 벗어나고 싶어 한 모양이야.

그땐 또 무슨 이유로 그런 마음을 가졌을까?

여름이면 나비를 잡으러 이리저리 뛰어다녔던 게 생각나.

방학 숙제였는데, 한국엔 노랑나비와 흰나비가 제일 많았다.

어쩌다 호랑나비를 보면 가슴이 두근거렸지.

브라질에 와서 파란 나비를 보고는 얼마나 놀랐는지 몰라.

땅을 내려다보지 말고, 별을 올려다보렴

시간은 참
무심히도 가는구나

할머니는 때때로 브라질에 살고 있다는 걸 잊을 때가 있다.

하늘에 떠가는 구름을 볼 때 더욱 그래.

벌써 35년이란 시간이 지났네.

넓디넓은 하늘을 지나는 저 구름처럼,

시간도 무심히 지나갔구나.

물가를 혼자 걷는 저 남자도 구름처럼 흘러가고 있네.

봄

저마다

바람도 쌀쌀해지고 구름도 엷어졌다.
썽빠울로엔 가을이 왔지만
마당엔 꽃들이 이렇게 예쁘게 피어 있다.
어떤 나무는 잎을 떨구고 있는데 말이야.
꽃들도 나무도 모두 자기의 시간이 있는 건가 봐.

선생님, 선생님!

아이들이 풀밭에 삥 둘러앉아 선생님의 이야기를 듣고 있다.

지나가다 마주친 모습이 참 정답다.

내게는 모두 우리 아로 같고 알란 같아.

무슨 시간일까?

천천히 걸으며 아이들을 본다.

개미를 보고 있는 아이,

풀꽃을 뽑고 있는 아이,

옆의 아이가 쿡쿡 찌르든 말든 선생님만 보고 있는 아이…….

문득 나도 그 옆에 앉고 싶어진다.

손을 들어 질문도 하고 싶다.

"선생님, 선생님! 호랑이하고 사자하고 싸우면 누가 이겨요?"

아니다. 이건 호랑이 담배 피우던 시절에나 하던 질문,

이젠 아무도 궁금해하지 않을 거야.

"선생님, 선생님은 스파이더맨이 좋아요, 아이언맨이 좋아요?"

09.02.17 FbAAD

작지만
큰 위로가 되기를

아직은 아침 시간! 나무 사이로 햇살이 눈부시게 쏟아진다.
저기 세 남자가 앉아 있다.
친구인지 일행인지 혹은 전혀 모르는 사이인지 알 수 없다.
이곳은 공원이야.
공원에서도 많은 사람이 지나다니는 길가.
멋진 검은 모자를 쓴 이가 기타를 치며 노래를 부르는데,
옆에 앉은 사람들에게서는 왠지 모를 슬픔이 느껴진다.
감미롭고 부드러운 보사노바 가락이
힘든 하루에 작은 위로가 되었으면.

10. 04. 19. For AAA

공룡이 부린
마법

깊은 파란색의 공룡 그림이다. 공룡은 티렉스야. 색깔이 공룡을 더 신비하게 만든 것 같구나. 이 그림이 어떻게 탄생했는지 말해줄게.

한 젊은 엄마가 할아버지한테 초대장을 보냈다.
"저희 아들 유치원에 와주세요. 브라질 아이들에게 그림 그리는 이야기를 해주셔도 좋고, 한국 문화를 이야기해주셔도 좋습니다."
뭘 어떻게 해야 하지? 우리 내외는 생각하고 또 생각했단다. 그러다가 떠오른 것, 역시 공룡이었다. 요즘 아로가 공룡 책을 좋아한다지. 그래서 여러 마리 공룡들을 그려 갔다. 네 살, 다섯 살 어린이들에게 공룡 그림을 보여주자 모두의 눈들이 반짝반짝.
"너희도 그려볼래?"
모두 열심히 그림을 그리기 시작했다. 떠들썩하던 아이들이 금세 조용해졌지. 어린이들은 왜 이토록 공룡을 좋아하는 걸까?

달리기

아로가 달린다.
맨발로 달리는데, 참으로 빠르다.
뭐가 그리 좋은지 까르르 웃는다.
넘어지지도 않고 잘도 달린다.
달리는 게 그리 좋은가.

나무들이 박수 치고,
옆집 누나가 소리친다.
"빨리, 빨리이!"

우리만 조마조마하다.
이제 그만, 멈춰라. 아로야!

26.08.18. For AAA

할머니는
아직도

세 살 반짜리 아로가 학교에 들어갔다. 일주일 동안은 문 앞에서 엄마를 부둥켜안고 통곡하더니 셋째 주부터는 웃으면서 간다고. 역시 우리 아로, 축하한다. 서울에서 암벽도 타고 흔들다리도 건너며 휴가를 맘껏 즐겼으니, 이제 학교 생활도 즐길 수 있겠지?

그나저나 이렇게 이른 나이에 학교에 가다니……. 이게 좋은 건지 아닌지는 모르겠다. 할머니는 아직도 모르는 게 많아.

07.06.18
For AAA

세상의
모든 물건

많은 물건을 실은 차가 큰 거리에 멈추어 있다. 플라스틱이 나오기 전, 대나무나 짚으로 그릇과 돗자리를 만들던 시절이 생각났다. 크고 작은 광주리들을 잔뜩 머리에 이고 팔러 다니던 아주머니들이 떠올랐다. 잡동사니 같아 보여도 우리네 사는 데 하나하나 다 필요한 물건들이 아닌가.

하나 팔아주고 싶다. 아니다, 꼭 필요한 게 저기 저 속에 보인다. 사야겠다.

13.05.18
For AAA

어머니,
우리 어머니

나는 어머니께 꽃을 드렸던 기억이 없어. 지금도 어버이날에 부르는
노래는 끝까지 아니, 2절까지도 부를 수 있는데 말이야.
무언가 생각이 잘 안 날 때면 종종 '엄마한테 물어봐야지' 하다가 이
내 어머니가 아주 오래전 돌아가셨다는 걸 깨닫고 소스라친다. 어머
니께 너무도 많은 걸 잘못한 나, 그때 왜 그랬는지 아득하기만 하다.
그리운 어머니.

17.03.17 For AAA

일몰

이 그림의 주인공을 생각한다.

해일까, 섬일까, 바다일까?

아니면 한 마리 새?

아무래도 붉은 색이 주인공인 듯해.

해가 진다.

이윽고 수평선 너머로 슬그머니 가라앉았겠지.

이 순간을 찍으려고 한 노인이 먼 데서 오셨다.

두어 장 좋은 사진을 찍기 위해

겨울에도 먼 곳까지 가신다는구나.

일몰, 볼 때마다 가슴을 뭉클하게 한다.

친구가
떠났다

"한 친구가 떠나갔어." 남편의 말이다. 스티븐 호킹, 1942년생. 비록 만난 적은 없지만 남편과 동갑이고 우주라는 관심사가 같아 마음속 특별한 친구였던 걸 안다. 너무 이상해서 도무지 이해하지 못하는 게 세상일이라지만 몸으로, 생각으로 우주의 수수께끼와 맞섰던 분, 인류에게 인간의 위대함을 보여주고 가르쳐준 분. 끝없이 펼쳐진 별나라에서 이제는 이 별 저 별 자유롭게 다닐 우리의 스승, 호킹 박사를 가슴에 묻으며 그분이 남긴 메시지를 되뇌어본다.

"땅을 내려다보지 말고, 별을 올려다보라."

16.03.18
For AAA

땅을 내려다보지 말고, 별을 올려다보렴

07.05.18 For AAA

지나간
시간

시내 나가는 지하철에서 한 노인을 보았다.
노인 우대석의 그 할머니는 비스듬히 앉아
저쪽 젊은이 자리를 하염없이 바라보고 있었어.
문득, 그분에게서 외로움이 느껴졌다.
먼지 많은 날, 마스크를 하고 지팡이까지 짚고 어딜 가는 걸까.
궁금했다.
할머니의 청춘이, 지난 젊음이.

25.03.18
ThAAA

마지막
코뿔소

아프리카 대륙 한복판에서 살던 마지막 수컷 북부흰코뿔소 '수단'이
숨을 거두었다는 기사를 읽었어. 동물의 멸종 위기라는 말은 자주
들었지만 마지막 한 마리라니! 힘이 넘치는 얼굴로 묵직하게 버티고
서 있는 수단이 이렇게 외치는 듯하다.
"너희에게는 내일이 있다고 생각하니?"

봄

상상도 못한
광경

추위가 물러가고 있다.

날씨는 아직도 쌀쌀한데 마음은 벌써 봄, 늘 이렇게 성급한 법이다.

사계절을 누리는 사람만의 변덕스러운 호사라 할 수 있을까?

강변에 자전거 타는 사람들이 부쩍 많이 보인다.

자전거를 탈 줄 모르는 나는 멀리서 부러워할 뿐이다.

하지만 문제가 있어, 미세먼지.

멀리 건물들은 뿌옇게 보이고,

하늘을 비추는 강물마저 잿빛이 되어버렸다.

마스크를 하고 자전거를 타야 한다니,

어제는 외출을 삼가라는 주의도 받았다.

어렸을 땐 정말 상상도 못했던 일이지.

04.05.18 For AAA

오늘은
비가 반갑다

계절의 여왕, 5월이다.

모든 나뭇잎이 예쁜 연두색에서 짙은 초록색으로 변해가는 시간.

오늘은 아침부터 반가운 비가 내린다.

아이들이 우산을 쓰고 걸어가는 그 학교 길이 참으로 좋다.

먼지들이 비를 맞고 떨어지면 잎새들도 좋아하겠지.

너의 세계

아로야,

네가 태어난 지 5개월이 되었을 때 넌 종일 옹알이를 했다.

버둥버둥, 손과 발도 허공에서 열심히 말했지.

먼 데 있는 할머니에게도 들리는 듯했어.

너만의 생각, 너만의 이야기가 무럭무럭 자라고 있겠지?

보이지 않는 아로의 세계가.

23.10.16
For AAA

평화롭다

아이가 곤히 잔다.
가만가만 살며시 아이 얼굴을 들여다본다.
평화가 아이를 감싸고 있다.

여행길에서,
할아버지가

별들이
가르쳐주었어

밤하늘을 바라보는데 문득 할아버지는 참 슬퍼졌다. 너무도 오랜만에 하늘을 올려다보고 있다는 걸 알았기 때문이다. 어린 시절이 생각난다. 그땐 여름밤 하늘을 매일 올려다봤었다. 어른들이 별자리 이름과 그 안에 깃든 전설들도 이야기해주었지. 별 하나 나 하나, 별 둘 나 둘……, 별을 세다가 마당 돗자리에 누운 채 그대로 잠이 들기도 했었어. 나는 언제부터 하늘을 보지 않았을까? 낮에도 밤에도 하늘은 바로 위에 있었는데 말이야.

갈라파고스의 별들은 인생을 가르쳐준다. 여기 와서 할아버지는 문득 인생을 돌아보게 되었다. 산다는 것이 힘들고, 괴롭고, 피곤한 것의 연속이라 생각했었는데, 이제 돌아보니 아름다웠더라. 할아버지는 여태 그걸 몰랐는데 별들이 가르쳐주었어.

할아버지가

동물들이
해준 말

느릿느릿 기어가는 거북이가 얼굴을 들고 날 보며 이렇게 말해주는 거야.
"지나온 시간, 참으로 잠깐이었지요?"
바다사자가 누운 채 내게 이렇게 말해주지 않겠니? 가까이 다가간 나를 쳐
다보지도 않고.
"뭐가 그리 궁금한가?"

이곳에 와서야 할아버지는 인간의 추악함을 알았다. 우리 인간이란 얼마
나 어리석은지, 어찌 그리 머지않은 내일의 일도 채 모르는지! 우리가 살고
있고 우리의 아이들이 살아가야 할 이 지구를 이렇게 험하게 만들어놓다
니……

선명한 색

갈라파고스에서 본 동물 중 푸른발부비새가 난 제일 좋더라. 왜 발이 눈부신 터키색인지 아니? 새들이 먹는 생선 때문이다. 발이 파란색일수록 더 건강하다는 뜻이고, 암컷 부비새가 더 파란 발을 가진 수컷을 찾아다니는 것도 이 때문이다.

할아버지는 너희도 푸른발부비새처럼 각자의 선명한 색을 가진 사람이 되기를 바란다.

그렇게 우린

수컷 군함새가 암컷을 유혹할 땐 목에 달린 크고 붉은 주머니를 힘껏 부풀려서 아주 시끄러운 소리를 낸단다. 동물만 이럴까? 아니지! 할아버지도 대학생 때, 잔뜩 멋을 부리고선 팝송을 부르고 다녔단다. 그러자 한 소녀가 나에게 관심을 가지기 시작했지.

그렇게 우린 사랑에 빠진 거야.

갈라파고스에서
마지막 밤

얘들아, 지금은 갈라파고스에서 보내는 마지막 밤이다.

내셔널 지오그래픽의 초대로 너무도 행복한 나날을 보냈다.

참으로 예기치 못한 시간이었다.

나는 지금 배 안에서 수많은 별들을 올려다보며 꿈같은 날들을 돌아본다.

무엇인가 너희에게 꼭 해주고 싶은 말이 맴도는데……,

지금 이 느낌을 너희에게 어떻게 전해야 할지 막막하기만 하다.

아, 아니다.

우선 떠오르는 생각이 있다.

언제고 반드시 너희와 함께 오겠다는 것.

다시 여기에 오겠다는 것.

지금 너희들도 내가 보고 있는 저 별들을 보고 있으면 좋겠다는 것.

AAA에게

아스트로, 하나밖에 없는 빛나는 별.

그리고 올곧은 알뚤, 엉뚱한 알란.

너희가 커서 때때로 할아버지를 생각하게 될 때

난 이 세상에 없겠지만 너희를 위해 이 편지를 쓰고 그림을 그린다.

너희가 어른이 되어 이곳에 오게 되면

분명 나처럼 생명의 소중함을 뼈아프게 느끼게 되겠지.

삶은 비록 취약하지만 예측하지 못하기에 그토록 신비한 것.

자연이 조용히 내게 속삭인다.

하늘을 보라.

별을 보라.

선인장을 보라.

흰 새의 깃털을 보라.

바위섬을 보라.

노을을 보라.

갈매기의 노래를 들으라.

파도 소리를 들으라.

할아버지가

여름

여름 아이는
푹푹 자란다

여름 아이는
쑥쑥 자란다

할아버지가 돌에 그려놓은 벌레를 보고선
아로가 "무당벌레야" 그러더라. 깜짝 놀랐어.
그래서 꽃 그림에다 꽃의 친구들을 불러와 살짝 숨겨놓고
숨은그림찾기를 해보자 했다.

벌레들의 계절, 여름이 가고 있다.
벌, 나비뿐이랴.
우리 아로도 무더운 여름날, 얼마나 여기저기를 돌아다녔는지.
여름 아이는 쑥쑥 자란다.
포도송이 영글듯이 송알송알 여문다.

10.08.16
For AAA

물놀이

무척 더웠던 여름날, 너희는 할머니 친구 집에 함께 놀러 갔었지.

첨벙첨벙 수영도 하고

한참을 가만히 누워 있기도 하고,

작은 통 안에 들어가 깔깔대고 장난치며 놀기도 했었어.

그때는 더운 줄도 모르겠더라.

불안한
세계

하늘이 온통 잿빛이다.

가늘게 비까지 내리니 지나가는 사람도 적고,

조용하기만 하다.

유쾌한 음악을 틀어야겠다.

요즘에는 흥겨운 뉴스를 보기가 힘들다.

자칫하면 세계 곳곳에서 일이 터질 것 같아 너무 불안해.

생각을 하지 않는 사람들이 점점 많아지는 듯하다.

문득 하늘을 보다가

너희의 내일이 평화롭기를 나도 모르게 기도했다.

15.09. 18. For AAA

숲속
자전거

숲속, 한 자전거가 나무에 기대어 쉬고 있다.

누군가가 타고 왔겠지.

꽃이 아름답고 공기가 맑으니

잠깐 쉬어가겠다고 생각한 이는 누구일까?

아로야, 바로 네 엄마다.

너도 알지? 엄마가 얼마 전 아팠던 거.

이제 다 나아서 약을 먹지 않아도 되고,

이렇게 자전거를 타고 달려도 된다는구나.

집에서 32킬로 떨어져 있는 바다에 다녀오고서는

정말 감격스러웠다고 하더라.

자, 우리 그림을 다시 보자.

많은 이야기가 담겨 있는 것 같지 않니?

09.05.17
For AAA

따뜻한
삶은 옥수수

삶은 옥수수를 싫어하는 사람이 있을까? 브라질 사람들은 여름에도 겨울에도 길에서 삶아주는 옥수수를 좋아한다. 오늘은 친구와 약속한 날, 바삐 걷는데 어디선가 삶은 옥수수 냄새가 풍겨왔다. 날씨도 쌀쌀하고, '아, 좋은 생각!' 하고 보니 거리에 온통 옥수수 장수. 그중 한 노인의 리어카 앞으로 갔다. 그의 얼굴이 금방 환해진다.

"세 개 주세요. 딱딱하지 않은 것으로 주시고요. 소금은 조금, 마가린도 조금……."

노인은 열심히 골라서 우선 하나를 긴 잎사귀 위에 올려놓고는 소금과 마가린을 조심스레 묻힌다. 그 정성 어린 손길을 보며 두 개 사려다가 하나 더 말하길 잘했구나 하고 있었는데 아니, 네 개째를 고르는 게 아니겠니?

"아니에요. 세 개만 주세요" 했더니 벙글거리는 얼굴로 "하나는 덤이에요" 한다.

아직도 따뜻한 옥수수, 친구랑 나눠 먹으니 더 맛있는 것 같아.

25. 02. 18.
TorAAA

도전은
어렵지만

어느 날 알란이 할아버지에게 아이패드에 그림 그리는 법을 가르쳐
달라고 하더라. 그 모습을 옆에서 물끄러미 바라봤어.
"아, 그래? 배워볼래?"
난 조마조마했었다. 할아버지가 한동안 아이패드를 열어보지도 않
은 걸 알고 있었거든. 생각이 나지 않아 쩔쩔매면 어쩌지?
다행히 할아버지는 머뭇거리지도 않고 잘 가르쳐주더라. 오히려 따
라가느라 알란이 더 애쓰고 있었지. 사실 노인들에겐 도전이 어려
워. 자꾸 잊어버리거든. 언젠가 할아버지가 생각이 안 나 애쓰게 되
면 그때는 알란, 네가 할아버지를 가르쳐드릴 수 있겠지!

바라만 보았어

전시회 첫날, 길고 가는 지팡이를 조심조심 두드리며 한 남자가 우리 전시장에 왔다. 도우미가 옆에서 같이 걸어 들어왔다.

'전시회 그림을 보러 온 건 아니겠지?'

상식적인 나는 지극히 상식적인 생각을 했다. 그런데 아니었어. 그들이 그림 앞에 서더구나. 순간 뭐라 말할 수 없는 긴장감에 휩싸여 그들을 보기 시작했다. 도우미는 그림 앞에 걸음을 멈추고 그림을 하나하나 읽어준다. 뭐라 뭐라 몇 마디 하고는 옆으로 발을 옮긴다. 두 사람 모두 아주 편안한 표정이다.

가까이 가서 듣고 싶었지만 방해될까 멀리서 바라만 보았다. 떨리는 마음으로 바라보았지. 그분의 가슴에 그림들은 어떻게 그려졌을까?

03.05.17 For AAA

여름

킥보드 타는
아로

킥보드 선수처럼 잘 달리는 아로를 영상으로 보다가, 아로가 넉 달
되던 어느 이른 아침을 떠올렸다.

브루클린의 아침. 일찍 잠이 깨 유모차에 넉 달 아기 아로를 태우고
나갔지. 거리는 조용하고 바람마저 고요했지만, 공원은 벌써 아이들
을 맞이하느라 분주했다. 그때 나의 눈을 끌어당기는 한 아이, 두 살
쯤 되었을까? 아주 작은 아이가 글쎄 저 혼자서 킥보드를 타는데 쌩
쌩! 어머나, 저럴 수가! 우리 아로도 언젠간 저렇게 탈 수 있을까? 그
아이가 얼마나 신기하고 또 얼마나 부러웠는지…….

어느덧 훌쩍 큰 아로는 그 아이만큼 잘도 달린다. 이제 누군가가, 아
니 어느 할머니가 나처럼 너를 보고 부러워하고 있을 거야. 5년 뒤
아로는 또 무얼 해내게 될까? 네가 자라는 모습을 우리가 언제나 바
라보고 있다는 것 잊지 말아라.

릴레이
경주

릴레이 경주는 생각만 해도 조마조마하다.
내가 배턴을 잡지 못하면 어쩌지?
아니, 배턴을 주지 못하면 어쩌지?
내가 배턴을 떨어뜨리면, 잘 달리지 못하면?
아니, 내가 넘어진다면?

우리도 릴레이 경주를 한다.
배턴은 꽃이야.
알뚤은 알란에게, 알란은 다시 아로에게 준다.
꽃을 준다.
아로는 제일 친한 아기 공룡에게 주고 싶다.
친구는 받을까?
꽃은 사랑이니까 받을 거야.

아기 공룡은 달려서 마침내……!

아니, 공룡이 다시 아로에게 꽃을 주는구나.

다시 시작이다.

26.08.15
For AAA

꼭꼭
숨어라

한참 '꼭꼭 숨어라' 놀이를 좋아할 때에는

커튼 뒤, 책상 아래, 소파 뒤…… 어디로든 숨어버렸지.

알란이 세 살 때였나?

내 빨간 캐리어 안으로 들어가 숨더구나.

"어! 알란이 어디 갔지? 방금까지 여기 있었는데?"

"이상하다. 화장실 갔나? 아, 아닌데? 어디 갔지?"

알란은 고새를 못 참고, 정말 자기를 찾지 못할까 봐 조바심을 낸다.

"하니, 나 여기 있어!"

가방 문을 열고 얼굴을 내민다.

할머니를 속였다는 확신에 찬 얼굴로 밝게 웃는다.

24.08.17 For ARA

그림
보는 법

"이거 봐, 다 똑같아!"
두 살 아로가 손가락으로 그림을 가리킨다.
네가 말하고 싶었던 건 '왜 똑같은 게 이렇게 많을까?'였을 거야.
'왜 자꾸 같은 걸 그려놨지? 이상하다' 하면서.
어른들은 이상하다 하면서도 질문을 하지 않지만,
아로는 이상하다고 큰 소리로 말한다.

네가 다섯 살이 되면 뭐라고 할까,
열다섯 살 때에는 또 뭐라고 말할까?

08.12.16
For AAA

브라질의 아침은
아이들로 빛난다

어린 형제가 학교에 가고 있다.

이른 아침, 아빠와 함께 가고 있다.

이제 네거리에 왔다.

맨 앞에 아빠, 아빠 손을 잡은 형, 형 손을 잡은 동생.

길 건너는 세 부자가 참 씩씩해 보이는구나.

학교 가는 아이들은 언제나 보기 좋다.

왜 보기 좋으냐고 묻는 건 바보 같다.

브라질의 아침은 아이들로 빛난단다.

칙칙폭폭,
칙칙폭폭

오늘은 아이가 기차놀이를 합니다.

"칙칙폭폭, 칙칙폭폭, 뛰이이!"

그러다가 반짝 떠오른 생각은 무엇일까요?

아이는 얼른 공룡들로 기차를 만듭니다.

공룡이 많아서 생각이 난 게지요?

"재미있겠네! 나도 기차놀이를 하고 싶은데!

기차를 만들어 아로한테 살짝 보여줘야지!"

할아버지는 아이 신발로 기차를 만듭니다.

신발 기차가 자꾸 길어집니다.

빨강 신발, 초록 신발, 노랑 신발…….

예쁜 신발 기차가 이제 달려가려고 합니다.

기차는 어디로 갈까요?

아로의 기차 만들기는 아직도 계속되고 있습니다.

티렉스 공룡이 아직 더 있나 봐요.

여름

하루 종일
매미가 운다

아침엔 까치, 낮엔 매미.

그 소리를 듣고 있으면 도시 한복판인 걸 잊어버린단다.

아파트가 나무숲보다 더 빽빽한 이곳에서는 하루 종일 매미가 운다.

떼를 지어 울어댄다.

옛날과 다른 매미 소리, 옛 매미는 한가하게 노래했다.

한참 노래하다 스스로 그치곤 했었다.

목을 가누고 좀 쉬어야겠다는 듯이.

요즘 매미는 하루 종일 떼를 지어 울어댄다.

문득 이런 생각이 든다.

아파트를 짓기 전 이곳은 나무의 동네가 아니었을까?

그럼 매미의 동네이기도 했겠지.

범고래
틸리쿰

북대서양 차고 맑은 바다에서 가족과 함께 아무 걱정 없이 놀고 있
던 두 살짜리 범고래는 한 사냥꾼에게 붙잡혔다. 난데없이 틸리쿰이
라는 이름을 갖게 된 그는 전과는 전혀 다른 삶을 살아야 했다. 좁은
데서 매일 훈련을 받아야 했어. 우리 인간들을 즐겁게 해주기 위한
온갖 훈련을.

고래는 마침내 최고의 공연 배우가 되어 전 세계에서 온 관객들로부
터 아낌없는 탄성과 박수를 받았다. 그렇게 뛰어 오르고 더 높이 뛰
어 오르고, 두 번 세 번 텀블링하기를 어언 30여 년. 조련사를 죽인
무서운 사건의 주인공이 되기도 했고, 다큐멘터리 영화의 주인공이
되기도 했던 틸리쿰. 그 마음속 울분을 조금도 알 수 없는 우리는 떠
들고 또 떠들었다. 얼마 후 또다시 공연장에 불려 나가야 했겠지.

시간은 흐르고, 그는 늙고 병들어 1년을 앓다가 2017년 1월, 서른다
섯 살에 생을 거두었다. 몸길이 10미터, 몸무게 6톤에 달하는 이 범
고래는 죽어서야 그리고 그리던 고향 바다에 갈 수 있었다. 이제는
차고 맑은 바다에서 자유가 무엇인지 가족과 우정이 어떤 것인지를
친구들에게 마음껏 알려주고 있겠지. 그 소리가 들리는 듯해.

18.01.17
For AAA

25.05.17 for AAA

어느 동네의
저녁

쌩빠울로의 평범한 동네,

부자 동네가 아니어서 더 정다운 동네.

붉은 기와지붕, 하얀 벽,

오래된 슬레이트 지붕도 가끔 보이는 동네.

벽에는 낙서가 요란하고 큰 나무들이 무성한 그런 동네.

때는 오후 여섯 시 무렵,

집집마다 저녁밥 짓고 있을 엄마들이 눈에 선하다.

훼이정 삶는 냄새가 얼마나 구수한지 아니?

어느 집에선 닭 날개를 튀기나 보다.

흘러나오는 냄새에 갑자기 배가 고파진다.

식구들이 하나둘 돌아오는 시간.

하루가 저물어가는 시간.

하루 이야기에 즐거운 저녁 식탁.

너희는 오늘 어떤 하루를 보냈니?

18.09.17
For AAA

여름

마늘을 사랑하는
브라질 사람들

오늘은 아파트 앞에서 마늘 장수를 보았다. 괜히 반가운 마음에 그 모습이 정다워 한참을 뒤따라갔다. 그는 모퉁이 가게를 지날 때 마늘 꾸러미를 번쩍 들며 외쳤어.

"마늘 보세요. 마늘 왔어요."

그 순간 이민 초기가 떠올랐다. 차를 타고 중앙시장 근처 개천가를 지나다 우연히 마늘 시장을 보았어. 마늘 시장이 따로 있다니! 산 같은 마늘 더미, 마늘 자루와 주렁주렁 매달린 마늘 꾸러미. 그런데 마늘을 꿰어 놓은 모양이 한국과 어쩜 그리도 꼭 같은지…….

"와, 이럴 수가!"

마늘을 저리 많이 먹는 브라질 사람들이라니! 그 사실 하나만으로도 이민 생활이 편할 거라 생각했단다. 브라질 사람들은 쌀밥을 지을 때에도 마늘을 넣는다는 말을 듣고 놀란 건 그 이후였어.

하늘의 일

아파트에서 보이는 자라구아 산이다.

우리는 남산이라 불러. 서울의 남산이 떠오르지 않니?

고향을 마주하듯 푸근한 마음으로 한참을 바라본다.

그런데 검은 구름이 점점 몰려오더니

1분도 안 돼 비가 막 쏟아지기 시작하는 거야.

하늘의 일은 정말 놀랍고 두렵다고 다시금 생각했다.

3.7.15 For AAₐ

저 혼자 만드는
아름다움

너희가 떠난 지도 벌써 7개월이 되었다.

할머니 집에 올 때면 화분에 심어놓은 화초들을 보았지.

고추나무에 열린 녹색 고추들을 들여다보곤 했었지.

보름간의 여행에서 돌아와 제일 먼저 본 게 베란다 화초들이었어.

그사이 녹색 고추는 아름다운 진홍색 고추가 되어 있더구나.

이 깨끗한 빨간색 좀 봐.

저 혼자 만드는 완벽한 진홍색의 아름다움을.

작은 정원

브라질에서 살았던 작은 아파트에서 내가 가장 좋아한 장소는 실내 베란다였다. 벽에 파란 타일을 붙여놓았는데 그 조화가 기가 막혔어. 그 자체만으로도 충분히 아름다웠지만, '여기에 푸른 넝쿨을 내리면 어떨까?' 하는 생각이 들더라. 그래서 얼른 화초 시장에 가서 붉은 직사각형 화분 몇 개를 사다 양쪽 벽에다 걸었더니 역시 좋았어. 러브체인 몇 줄기를 제일 먼저 옮겨 심었다.

창을 열 때면 썽빠울로의 회색 건물들이 보여 답답한 기분이었는데 이제는 괜찮다. 하나하나 만들어가는 내 작은 정원이 있으니까.

05.03.17 For AAA

비슷하지만
다른 것

나뭇가지에 앉아 있는 새, 참 예쁘지.

코스타리카의 뚜깐을 그려보았다.

브라질에도 뚜까노가 있는데, 역시 크고 아름다워.

그런데 비슷하지만 다른 게 있어.

부리 생김새도, 꼬리색도 다르단다.

가까운 이웃 나라의 같은 새들인데도 가만 보니 조금씩 다르구나.

언젠가 꼭 가서 직접 봐야겠어.

그곳 사람들도 브라질 사람들과 비슷하지만 다른 게 있을까?

08.08.16
for A A A

호랑이

7월 29일은 국제 호랑이의 날이다.

사라지고 있는 호랑이를 구하자는 취지로 만들었다고 해.

한반도가 옛날엔 호랑이의 나라였다는 거 알고 있니?

1988년 서울 올림픽 마스코트도 호랑이였잖아.

이삿짐센터의
사다리차

한국에 돌아오니 정말 신기한 것이 많더구나. 사소한 것부터 거대한 것에 이르기까지 신기한 것은 도처에 있었어. 그중 최고는 이삿짐 나르는 높은 사다리차였다. 고층 아파트의 화재 훈련일 리는 없고 이삿짐센터의 작업 현장임을 알았을 때, 와아아! 사다리는 아무리 높은 층도 걱정 없다. 짐을 정리해서 담은 큰 바구니를 사다리가 쑤욱 쑥 올리고 쑤욱 쑥 내린다.

사다리, 장하다. 암, 장하고말고.

05. 09. 18. For AAA

여름

설악산에
오르며

여름의 설악산은 울창하고 푸르다. 40년도 더 지나 다시 만나게 된 산! 놀랍게도 케이블카가 있더구나. 수십 명씩 금방금방 올라갔다 금방금방 내려오는 게 참 낯설면서도 한편으로는 창밖으로 펼쳐지는 설악산의 모습이 참 대단했어.

"옛날엔 이렇게 파노라마로 볼 수 없었지." 절로 중얼거려졌다. 눈앞에 펼쳐진 봉우리와 저 멀리 보이는 산이 오히려 우리를 내려다보고 있는 듯했다. 반가워하는 건지 야단치는 건지 산봉우리들의 마음을 모르겠지만. 앞사람만 보고 따라 올랐다가 뒷사람 기운에 내려와 끝나버린 산행. 그래도 난 "설악산에 다녀왔어" 말하겠지?

22. 07. 18 For AAA

무럭무럭
자라는구나

9개월 만에 만난 아로는 몸도 커졌지만 말과 태도, 생각도 성큼 자라
있다. 어떤 순간에 불쑥 쓴 단어나 표현에 깜짝깜짝 놀란다. 아기일
때도 그랬지만 잠시도 가만있지 않는 아이의 에너지가, 가족들을 자
기 생각대로 움직이는 그 힘이 신기하고 부럽다.
"기차놀이 하자."
누가 열심히 하지 않는지 감독까지 한다. 혹시 "그만 하자" 할까봐 응
원도 잊지 않고. 아이고, 우리는 힘들다, 힘들어!

여름 아이는 쑥쑥 자란다

여름

산에서 든
생각

참 크고도 깊은 산.
우리 인간은 얼마나 작고 얕은가.

그땐 그랬지,
할아버지가

_____

밤하늘의
트럼펫

할아버지의 마음속에 남아 있는 지난날의 멜로디가 수없이 많다. 너희도 지금 좋아하는 아이돌의 노래들 30년 후, 60년 후가 지나 문득 흥얼거리게 될 거야. 어느 달 밝은 밤, 너희 엄마와 삼촌이 어릴 때 살았던 화곡동 뒷산에서 들었던 누군가의 연주는 세월이 가도 잊히지 않는다.

모두가 잠들었을 늦은 밤, 산에서 트럼펫 소리가 들려왔다. 소리는 나무들을 헤치고 산 아래 마을로, 산 위에 펼쳐진 밤하늘로 널리 널리 퍼져갔다. 달이 휘영청 밝은 하늘로, 하늘로……. 너무도 아름다운 곡이었지. 누군지 알 수 없었지만, 그의 연주는 슬프고도 아름다웠다. 숨죽여 들었단다.

04.02.17 For AAA

입학시험
보던 날

오늘은 시험 보던 이야기를 해줄게. 60년 전, 중학교에 진학하려면 시험을 봐야 했었다. 산수 박사라는 별명을 가질 만큼 수학은 자신 있었다. 그런데 1번 문제부터 술술 풀어지질 않았어. 숨이 턱 막혔다. 다시 꼼꼼히 들여다봤지만, 어떻게 풀어나가야 할지 생각나질 않았다. 시간은 자꾸 흘러가고 진땀이 나기 시작했다. 내가 풀지 못하는 문제가 있다니, 이까짓 문제에 막히다니! 눈은 땀과 눈물로 범벅되어 글씨도 보이지 않았다.

이럴 땐 어떻게 해야 할까, 당연히 다음 문제로 넘어가야겠지? 그런데도 난 거기에 머물러 그 문제를 풀겠다는 생각에만 집착해 그만 시험을 다 망쳐버렸다. 결국 그 중학교에 떨어졌지. 얘들아, 너희는 할아버지처럼 어리석어선 안 된다.

06.05.18
For AAA

역사의
시작

1963년이었나 보다. 학교 문학 동아리에서 시화전을 연다고 연락이 왔다. 나보고 그림을 맡아달라는 거였지. 한 여학생이 자기 시를 내게 주며 그려 달라고 하더라. 제목은 <사과>, 짧은 시였다. 그 여학생이 마음에 든 건지 시가 마음에 든 건지는 모르겠지만, 난 그림을 그렸고 여학생은 만족한 표정이었다. 전시회가 끝나는 날 모두 강냉이를 먹으며 축하 파티를 했다. 그 여학생이 누굴까? 얘들아, 이렇게 역사가 시작됐단다.

그게 참
좋았다

우리 식구가 썽빠울로에 도착한 때는 1981년 여름이었다. 브라질 말도 한 마디 못하는 마흔 살의 나이로 열 살, 여섯 살 남매의 아버지이기도 했던 그때의 나를 이제 돌이켜본다. 불안했었겠지. 말할 수 없이. 그런데 그런 기억은 조금도 떠오르지 않는구나.

온 지 얼마 안 되어 동네마다 요일별 시장이 열린다기에 궁금해서 가보았을 때가 기억나. 그때 내 눈에 들어온 것은 여기저기 널린 풍성한 물건들이 아니라 남자들의 모습이었다. 장바구니를 천천히 끌며 시장 보러 나온 남자들. 수영복 같은 아주 짧은 바지를 입고 이것저것 사는 모습을 본 순간, 나는 더할 수 없이 유쾌해졌다. 와, 저럴 수가! 어떤 걱정도 없고, 남의 시선 같은 것 신경 쓰지 않고 참 편안해 보였다. 그게 참 좋았어.

그땐 그랬지.

너희가 무척
그립다

알뚤, 너는 원숭이해에 태어났지? 너희가 떠난 지 벌써 1년이 되어가는 구나. 낯선 데 가서 놀라지는 않았니? 거의 매일 영상으로 너희와 얘기를 할 수 있다는 게 참으로 놀랍다. 정말 놀라운 세상이다. 아니, 너희한테는 흔하디흔한 스마트폰 영상 통화겠지만 할아버지는 생각할수록 고맙고 대단하구나. 한국은 브라질과 많이 다를 거야. 천천히 할 수가 없을 거다. 그렇다고 그저 빨리빨리, 앞만 보지는 말아라.

브라질에선 하지 않던 야구도 하고 모두 함께 학교에서 주는 점심을 먹고 역사박물관, 천문대에도 견학을 하러 간다니 참 좋다. 무엇보다 좋은 건 아파트 건너가 바로 학교라는 것. 그래서 너희들끼리 걸어서 학교에 간다는 거야. 할아버지가 너희들을 태우고 학교를 오가던 지난 5년이 새삼스럽게 생각이 나는구나. 차 속에서 너희들이 깔깔거릴 때마다 할아버지도 운전석에서 같이 웃었다는 거 알고 있니? 그때가 무척 그립다.

여긴 아침이다. 이제 운동하러 공원에 가려고 해. 너희는 아마 잠자리에 들었겠다. 꿈속에서 우리가 만날 수 있을까? 부디 좋은 꿈 꾸기를……

반가운
두 사람

서울에 돌아와서 종로 거리를 걷는데

옛 기억을 더듬고 더듬어봐도 도무지 낯설기만 하더라.

그런데 어디선가 귀에 익은 종소리가 딸랑딸랑 들려왔다.

그게 어떤 소리인지는 금방 알 수 있었다.

눈발이 희끗희끗 날리는 길에 서 있는 구세군 자선냄비!

40년 전에도 50년 전에도 해마다 이맘때면 을지로 입구에서

작은 종을 흔들던 구세군 두 사람, 무척 반갑더구나.

옷 색깔만 달라졌지, 종소리는 그때와 같다.

할아버지가

가을

때때로
느린 게 좋다고 생각되더라

무엇이
궁금할까

아이는 무엇이 궁금한 걸까?
나도 덩달아 궁금하다.
아이가 들여다보고 있는 것은 무엇일까?
나도 같이 보고 싶다.

11.10.16
For AAA

가을   166

머지않아

어느 날 아침, 차 안에서 한 남자를 보았어. 짐들을 지고 또 지고 매
달고……. 고개를 숙이고 걸어가는 저 남자는 지금 무슨 생각을 하
고 있을까? 머지않아 짐을 내려놓고 쉴 수 있을까?

내 사랑
아로!

뉴욕에도 가을이 무르익나 보다. 지난해 이맘때 한국 가는 길에 한
보름 정도 아로랑 같이 지냈다. 매일 근처 여기저기에 있는 공원으
로 나가 함께 산책했다. 참나무에서 아람들이 떨어지고 낙엽들이 공
원을 덮어 어찌나 푹신한지. 마른 낙엽을 던지기도 하고 그 위에 누
워보기도 했어. 다람쥐가 나무 위로 올라가자 가만히 기다리는 아
로, 내가 낙엽을 주워 모자에 담는 모습을 보고 얼른 자기 모자에도
담던 아로, 내 사랑 아로.

어제 네 엄마가 보내온 사진 속에서 너는 하얀 들국화를 들여다보고
있었다. 그러고 보니 나도 어제 모교에 가서 바위 사이에 핀 엷은 보
라색 쑥부쟁이를 한참 들여다보았는데……. 신기하지 않니? 멀리
떨어져 있는 아로와 내가 같은 날 가을 들판, 들국화밭에 있었다니.
들국화를 보고 있었다니!

26.10.18 For AAA

16.01.17. For AAA

왜 그렇게
버티고 있었을까

오늘 아침 일곱 시 즈음에 일어난 일이었다. 모두 일터로 가기 위해 바쁜 걸음을 옮기는 시간! 바로 우리 차 앞에서 빨간 신호등이 켜졌다. 그때 어디선가 개 한 마리가 달려와 네거리 한복판에 딱 버티고 서는 게 아니겠니? 이 모습을 눈여겨보고 있는 건 우리뿐만이 아니었을 거야.

한참 만에 파란불이 켜져 막 움직이려는데 왼쪽에서 오토바이 하나가 부릉 먼저 앞으로 나왔다. 그러자 그 개는 물론 어디서 왔는지 어디에 있었는지 모를 다른 개 두세 마리가 오토바이를 향해 무섭게 짖으며 달려들더구나. 오토바이, 아니 오토바이 탄 남자는 놀란 듯 부르릉 내달아 사라졌고 우리도 이내 갈 곳을 향해 움직였지만 영 마음이 이상했다.

왜 그랬을까? 개들은. 왜 그렇게 버티고 있어야 했을까? 누구에겐가 물어봤어야 했는데, 분명 개들에게는 하고 싶던, 외치고 싶었던 말이 있었을 텐데…….

그 마음이 며칠을 가더라. 까닭 없이 미안하기도 하면서.

곳곳에
있다

애들아,
집 근처 목요 시장에 같이 갔던 것 기억하니?
너희가 떠나도 곳곳에 너희들이 묻어 있다.

13.06.17
For AAA

공룡
미끄럼

공룡을 좋아하는 아로가 드디어 공룡과 친구가 됐네! 두 형들을 불러 같이 놀자고 했나 보다. 미끄럼을 타려고 하는데 장난을 좋아하는 아로는 좀 더 가파른 쪽에서 타고 싶은가 봐.

"안 돼! 이쪽이야!"

형들이 소리친다. 순하디순한 브라키오사우루스, 같이 놀고 싶은 푸른 공룡은 아이들이 위험하지 않도록 가만히 서 있구나.

와, 재미있겠다아!

악어를 탄
개구리 가족

푸른 공룡의 등에 올라탄 세 손자의 모습이 참으로 보기 좋다. 그런데 악어 등에 개구리들이 올라탔다면? 인도네시아의 자카르타에서 탄토 옌센이란 분이 찍은 사진 속에 악어가 개구리들을 태우고 있더구나! 한 마리, 두 마리…… 다섯 마리가 올라탈 때까지 기다려주더란다. 아기까지 업은 개구리 한 가족이 다 탈 때까지 꾸욱 참고 기다리는 악어는 모범 운전수다.

때때로 느린 게 좋다고 생각되더라

31.05.17
for AAA

가을

한 몸 같은
형제

두 녀석이 5학년, 4학년, 썽빠울로에서 학교에 다니던 시절,

할아버지가 등하교를 시켜줄 때 모습이다.

형과 아우가 무엇인지 고스란히 느끼게 해주는 뒷모습.

보기만 해도 흐뭇했었지.

알뚤은 불과 한 살 반 형인데도 알란의 모든 것을 도와주었어.

알란은 형이 얼마나 든든했을까!

가방을 들어주는 것은 물론,

"알란이 오줌 마렵대요. 목마르대요."

때론 할아버지 말을 못 알아들을까 통역도 해주곤 했었지.

한국 사회, 낯선 환경에 잘 적응해나가는 너희.

한 몸 같은 둘. 브라보, 브라보!

사과를
심자

사과와 함께 가을이 무르익는 뉴저지 과수원. 지난주에 아로가 친구 하린이랑 체험학습을 하러 갔다더라. 서울서 태어나 서울서 자라 사과밭은 본 적도 없는 할머니는 아로가 부럽다. 아로는 닭, 라마, 돼지, 염소도 만나 인사하고 지금은 사과를 따고 있는 중이래.

주렁주렁 사과는 아로를 기다린 걸까? 나무가 아로 키만 하다. 아로는 사과를 잘도 딴다. 바구니 가득 많이도 딴 것은 사과가 예뻐서일 거야. 발돋움하고 힘들게 딴 사과니까 더 맛있겠지? 가만, 분명 사과 씨를 심겠다고 할 거야. 할머니랑 같이 심자, 아로야.

한참을
바라보다가

오늘 아침에 맑게 지저귀는 새소리에 창문을 열었는데,

까치 한 마리가 물들어가는 나무 꼭대기에 앉아 있는 거야.

바로 눈앞, 제일 큰 나무 꼭대기에.

가족을 찾는 건지 친구를 기다리는 건지,

한참을 꼼짝 않고 앉아 있길래 나도 계속 까치를 지켜봤다.

까치가 바라보는 쪽을 함께 바라보면서.

거기엔 시시각각 바뀌는 나뭇잎의 아름다움이 펼쳐져 있었어.

오랜만에 구름 한 점 없는 파란 하늘도 보았지.

그렇게 한참을 보다가 문득 떠오른 생각,

까치는 곧 닥쳐올 추운 겨울을 걱정하는 건지도 몰라.

28.10.18
For AAA

방탄소년단

방탄소년단, 이름도 창의적인 한국의 일곱 소년이 노래와 춤으로 세계적이고도 폭발적인 사랑을 받고 있다. 그 많은 미국 젊은이들이 입장권을 사려고 며칠 전부터 길에서 밤샘하고, 환호하고, 따라 부르는 걸 보며 1960년대 비틀스가 생각났다. 그때와 다른 건 '아미'라는 팬 모임이 사랑으로 방탄소년단을 극진히 보호한다는 것이다. 할아버지는 손자들에게 방탄 보이의 〈DNA〉 춤을 배워본다. 잘 될 리가 없겠지. 그래도 알뜰 넌, "천천히 따라 하세요" 하는구나.

23.05.18
For AAA

06. 09. 18 For AAA

가을

쉬운 게
아니더라

사람들이 소리를 지르며 무대를 향해 일제히 스마트폰을 높이 든다. 그 광경을 텔레비전으로 보다가 이런 생각을 했어. '저렇게 사진을 찍으면 음악은 언제 듣지?'

그 옛날엔 스마트폰이 없었다. 무대를 향해 소리를 지르다 몇몇 소녀들이 기절했다는 기사가 떠오른다. 그때도 지금도 이런 현상들이 신기하기만 하다. 그런데 어제 196회 브라질 독립기념일 파티에 갔다가 나도 모르게 스마트폰을 꺼내 들고 무대로 향했단다. 삼바 리듬이 날 이끌었어. 이 사람 저 사람 많은 사람이 몰려와 찍었다. 그 틈을 비집고 들어가 나도 사진을 찍었어. 그렇게 만든 게 무언지, 하여튼 난 찍고 또 찍었다. 자리로 돌아와 찍은 사진들을 보니 모두 엉망이었어. 이거 쉬운 게 아니더구나!

너흰
단잠을 자고 있겠지

16층 아파트 거실에서 창을 열고 내다보니 갑자기 이 도시가 답답하게 느껴진다. 높은 빌딩들이 어쩌자고 이렇게 붙어 있는 건지……. 숲도 공원도 나무도 풀도 보이지 않아. 새소리도 들리지 않아. 이럴 땐 훌쩍 과루자 바다로 떠나면 좋을 텐데, 같이 갈 너희들이 이제 멀리 있구나. 지금쯤 너흰 단잠을 자고 있겠지.

할아버지는 커피나 마시자고 친구와 통화하더니 바삐 나간다. 다시 멀리 바라보니 낮게 두른 산이 꼭 서울 같기도 하다.

07.04.17 ForAAA

해바라기

해바라기 하면 이민 초기가 떠오른다. 잠은 오지 않고 텔레비전은 늘 선명하고, 브라질 말은 전혀 몰랐지만 습관적으로 채널을 돌리고 돌리던 어느 날 밤, 화면에서 아주 반가운 이탈리아 배우를 보게 되었다. 바로 소피아 로렌과 마르첼로 마스트로얀니였지.

친구를 만난 듯 반가운 마음에 보기 시작한 너무도 아름답고 슬픈 영화. 1970년대 한국에서는 상영되지 않아 전혀 몰랐던 유명한 비토리오 데시카 감독의 흘러간 영화. 대사 한 마디 알아듣지도 못하면서, 자막 한 글자 읽지도 못하면서 펑펑 울고 흐느끼며 끝까지 본 영화, 〈해바라기〉. 이제 내게는 잊지 못할 영화가 되었단다. 그날 그렇게 울어버린 건, 영화 속 사랑을 잃은 한 여인의 숨죽인 통곡이 이민자의 외로움을 대신해주어서였을까?

18.05.17
For AAA

열대어

알뚤은 중학생이 된다지? 대견하다. 한국에 가자마자 말도 글도 제대로 하지 못한 채 학교에 들어간 너희 형제는 각자 5학년, 6학년을 잘 보내고 이제 알뚤은 중학생이 되어 교복을 입게 된 거지? 축하 선물을 무엇으로 할까 생각하고 또 생각하다가 너희가 브라질에서 어항에 작은 물고기 두 마리를 키우던 것이 생각나 할아버지한테 예쁜 물고기들을 그려달라고 부탁했다.

사실은 이런 생각이었어. 나는 네가 중학생이 되면 미국 작가 폴 빌리어드가 쓴《이해의 선물》이라는 작품을 꼭 읽었으면 하고 바랐어. 그 책을 강의할 때마다 울컥 눈물이 차오르던 기억과 함께 언젠가 나도 이런 작품을 쓰고 싶다는 생각을 늘 하곤 했었거든. 그 소설에 열대어 이야기가 나온단다.

춤추는 아로

4월이 가기 전에 세 살이 되는 아로.

춤을 추고 있는 네 모습이 무척 신기하다.

춤사위가 한국 전통 춤인 듯하다.

어떻게 한국인의 멋과 흥을 알게 된 걸까?

어디서 보았나? 혹은 배웠을까?

아니면 한국의 음악을 혼자서 이해한 것일까?

너에게 흐르는 한국인의 인자를

춤추는 모습에서 제대로 보았단다.

치타

어린이들은 누구나 다 동물을 좋아하지.

사실 나는 동물을 잘 몰라.

브라질엔 어떤 동물이 있을까 책에서 찾아보았다.

표범도 치타도 브라질엔 있지만, 한국엔 없다.

아, 이 둘은 어떻게 다른 거지?

할아버지가 치타를 그린다.

옆에서 자세히 본다.

무늬를 본다.

날씬한 치타가 있는 힘을 다해 달린다.

그 거친 숨소리가 여기까지 들린다.

02.08.17
For AAA

세 아이

나란히 누워 손발로 무언가를 말하고 있는 세 아이.

베르나르도, 올리비아 그리고 크리스치안.

이름만 들어도 누가 남자아이인지 브라질 사람들은 다 알지.

아기들의 조부모들은 1970년대에 이민을 가

비슷한 때에 아들들을 낳았어.

그 아이들이 비슷한 때에 결혼해 한 달 차이로 아기를 낳았지.

한국계 브라질 3세.

동그랗고 귀여운 얼굴을 보니 틀림없는 한국 얼굴이지?

잠시도 가만있지 않고 버둥거리는 다리와 팔을 봐.

두 나라, 아니 세계로 뻗어 나가려는 힘이 느껴진다.

11.07.15 For AAA

토마스와
친구들

빠라나삐아까바 산맥에서 예쁜 관광 기차를 본 순간 알란이 생각났다. 알란, 너는 바퀴 달린 모든 것을 사랑했지. 굴러가는 장난감의 바퀴를 자세히 보기 위해 납작 엎드리곤 했었잖아. 작은 자동차를 천천히 밀기도 했고. 네가 얼마나 깊이 바퀴를 연구하고 또 연구했는지 할머니는 알고 있다. 너의 보물 1호는 외삼촌이 사 보낸 '토마스와 친구들'이었지. 토마스 친구들 이름을 하나하나 말할 때마다 나도 같이 외어보려 했는데, 잘 안 되더라.

11.09.18 For AAA

어땠더라

아로가 아빠랑 공을 차고 있다. 푹신한 잔디밭에서 신나게 달리고
있다. 아빠랑 축구하는 게 너무 좋은가 보다. 까르르 까르르! 아로
웃음소리가 나무랑 꽃들을 환하게 웃게 한다. 그 소리가 마당 밖으
로 울려 퍼지면 이웃들이 다 내다보고 이렇게 말하겠지.
"아로가 놀고 있다. 아빠랑 축구 하는구나! 우리도 같이할까?"
오늘도 자유롭게 뛰노는 아로. 아빠는 아주 좋은 축구 코치다. 문득
아로 아빠의 어린 시절을 떠올려본다. 어땠더라? 남편이 아들과 축
구를 했었는지 생각이 나질 않는다.
아마 피곤하다고 길게 누워 야구 중계만 보았을걸.

13.04.17 For AAA

계단을 오르는
잉어

좁고 가파른 계단을 물고기 두 마리가 헤엄쳐 올라가고, 두 마리가 마주 내려온다. 실제로 어느 동네 계단에 그려진 그림이다. 푸른 계단은 바다, 아니 강인가? 물고기는 잉어 같기도 연어 같기도 하다. 거대한 물고기들이 물살을 헤치고 올라가기도 하고 물살을 따라 내려오기도 한다. 이 그림은 서울에서도 역사가 깊은 북촌 한 동네 계단에 그려놓은 것인데, 참으로 멋진 작품이지?

처음엔 동네 사람 모두 오르내리며 누구나 다 좋아했대. 좋은 발상이었으니까. 근데 입에서 입을 타고 그림이 퍼져나가 마침내 다른 곳에 사는 사람들이 자꾸 보러왔고, 몰려온 사람들로 동네가 시끄러워졌단다. 너무너무.

이를 어쩌지? 결국 주민들 의견이 갈렸다. 조용히 살고 싶다. 아니다, 동네가 발전하게 되니 좋다. 나는? 내가 주민이라면? 모두의 지혜가 필요한 순간이다.

05.12.16

가을

거실에서 바라본
썽빠울로

우리 아파트 거실에서 마주 보이는 풍경이다.
높은 현대식 빌딩과 붉은 기와지붕의 옛 주택이 함께 있는 썽빠울로.
대조의 나라 브라질, 대조의 도시 썽빠울로.

21.01.18
For AAA

할머니 집

아들, 딸, 며느리, 사위, 손자, 손녀가 혼자 사는 할머니를 뵈러왔다.
이때 모든 노인들은 똑같이 외치게 되지.

"아이고, 왔구나! 어서 와라, 내 새끼들. 고맙다, 고마워!"

껴안고 안아주고 어루만지고 토닥거리고 쓰다듬어주고 뽀뽀해주고,
한바탕 시끌벅적 안으로 들어와 앉는다. 깨끗하고 넓은 거실은 가족
으로 꽉 찬다. 오랜만에 그득한 식구들 냄새에 할머니는 어쩔 줄 모
른다. 싱글벙글. 벙글벙글.

"어머니, 저녁은 나가서 먹지요?" 이건 아들 목소리.

"할머니 리조또 배우러 왔는데……." 이건 약혼식 앞둔 큰 손녀의 말.

"할머니 힘드셔. 나가 먹자." 이건 며느리의 속삭임.

"뭘 이렇게 사왔니? 누가 먹는다고? 많기도 해라. 한참 먹겠구나."
할머니는 이 상자, 저 가방 풀어보며 한 말 또 하고 또 한다.

할머니는 괜히 왔다 갔다 한다. 예쁜 그릇에 과자도 내오고, 오렌지 껍질을 벗긴다. 접시엔 과자가 가득하고, 껍질 벗은 오렌지 조각들은 말라 있다. 아무도 먹질 않는다. 모두 조용히 스마트폰만 들여다보고 있다.

거실은 넓고 조용하다.

거실은 더욱더 넓어지고 할머니는 다시 혼자가 된다.

할머니에게서 와르르 외로움이 느껴진다.

아코디언 치는
노인

찌라덴찌 역 앞에서 가느다란 멜로디가 들려왔다. 아주 묘한 소리였다. 한 노인이 아코디언을 치고 있었어. 그것도 아주 조용하게. 그러니까 그의 손과 손가락이 움직이지 않았더라면 음악은 다른 곳에서 들려온 것이고, 그는 오래전부터 아코디언을 잡고 있는 정물처럼 보일 정도였지. 아코디언은 아주 작고 가벼워 보였어. 색도 남달랐지. 그런데 색다른 건 악기뿐만이 아니었다.

노인이 쓰고 있는 두건도, 길고 하얀 수염도, 옷의 색깔도 묘했는데 마치 먼 어느 동쪽 나라에서 이제 막 이곳에 도착한 이방인 같았어. 옆에 잔뜩 쌓인 보따리들도 심상치 않았고. 행인들은 무심히 지나쳤지만 나는 근처 벤치에 앉아 천천히 보기 시작했단다.

첫 발견은 그의 모든 것이 종이라는 거였다! 아코디언도 두건도 목도리도 모두 종이로 만든 거였어. 짚는 자리에 따라 소리가 되어, 멜로디가 되어 흘러나오게 만든 작은 종이 악기. 그 옆에 놓인 짐 보퉁이들을 보니까 노인의 하루하루가 눈앞에 떠올랐다. 브라질의 국민

작가 조제 바스꼰셀로스가 그 모습을 보았더라면《나의 라임오렌지
나무》후편으로 이 노인 이야기를 썼을 거야.

11.02.17 For AAA

스르르
잠들었겠지

얼마나 피곤했는지,

내가 가까이 다가가는 것도 모르고 자더라.

폐지 모으는 일을 하는 것 같지?

아는 사람은 아니고, 지나가다 본 사람이다.

자신만의 공간에서 잠든 모습이

어찌나 편안해 보이는지…….

음악을 듣다가 스르르 잠들었겠지?

발걸음을 늦추고, 숨죽인 채 옆을 지나왔어.

OBRIGADO
BRASIL

27.10.17 for AAA

가을   216

짜오!
브라질

긴 대로를 지나 36년간을 거의 매일 아침 이곳에 이르렀었다. 일터인 봉헤찌로 구역에 접어들려면 반드시 아냥가바우 터널을 지나야 했으니까. 거기에 있던 높이 휘날리는 브라질 국기, 멀리서부터 가장 먼저 우리를 맞아주곤 했다. 그 모습을 어찌 잊을 수 있겠어? 비 오는 날에도 바람 심한 날에도 언제나 같은 자리에서 힘찬 에너지를 주었듯, 분명 이 땅을 떠나는 우리의 앞날도 축복해주겠지.

고마운 브라질이여,
약하디약한 우리를 푸근한 품으로 안아준 그대여,
이제 안녕!
안녕!
푸르른 브라질이여,
안녕!
그리고
영원하라!

부모님 생각이 날 때면,
할아버지가

_____

아버지에 대한
회상

우리 식구는 1951년 1월 한겨울, 전쟁을 피해 서울을 떠나야 했다. 아무 말 없이 종일 걷던 피란민들은 밤이 되자 잠을 자야 했는데, 잘 곳이 있었겠니? 눈 덮인 들판에서 자야 했단다. 아버지는 날 당신의 배 위에 올려놓으셨지. 그때를 생각하며 때때로 중얼거린다.

"아버지, 아버지가 얼마나 춥고 힘드셨을지 그 생각을 왜 하지 못했을까요? 여덟 살이나 되었었는데요! 왜 그날 밤이 이리도 기억에 사무치게 남아 있는 걸까요?"

20.09.2018 For AAA

부모님 생각이 날 때면.

죽음의
의미

죽는다는 것이 무엇인지, 너희는 아니?

내가 죽는다는 말을 처음 들었던 때가 아마 네댓 살이 됐을 때일 거다.

어느 날 아버지와 어머니가 "사람은 죽는단다"라고 말했다.

"엄마도 아버지도 죽어요?"

그렇다는 말을 듣자마자 너무도 북받쳐 울어버렸다.

그날 울던 기억은 여든이 가까운 지금까지도 선명하다.

죽는다는 것이 무엇인지 알았기에 그리 울었나?

어린 내가, 왜 그리 서러웠을까?

25.03.17 ForAAA

축구화 만드는
아버지

아버지를 그려보았다. 너희 증조할아버지는 할아버지가 태어나기 전부터 축구선수였단다. 선수에서 물러나서도 코치로 감독으로 계속 일하셨으니 한국 축구의 역사적 인물이라 할 수도 있겠다. 축구화 만드는 기술도 유명해서 단체 주문이 많았다. 선수 발에 꼭 맞는 신발을 만들어주는 '마도로스 영감'. 내가 중학생일 때, 아버지는 늘 축구화를 만들고 계셨는데도 우리 집은 가난했어. 옛 축구선수들은 가난했기 때문에 신발을 맞추고 돈은 못 낸 거야. 오죽하면 길 가다 저쪽에서 그런 선수가 오면 아버지가 먼저 피하셨대. 얼마나 미안할까 싶어서. 우리 모두 가난했던 1950년대!

어머니

50년도 더 지난 고등학생 때 이야기. 어느 날 학교에서 돌아와 늘 그렇듯 어머니를 찾아 안방 문을 열었다. 그런데 어머니는 누워 계셨고, 동네 아주머니들이 빙 둘러 있더구나. 좀처럼 눕지 않는 어머니여서 걱정되었지만 '아, 엄마가 아프구나! 많이 아픈가 봐' 하고는 말없이 문을 닫았다.

몇 년이 지난 후, 어머니는 그날의 일을 며느리에게 말씀하셨다고 한다. 말없는 아들인 건 알지만 너무 섭섭했다고, 그래서 너무 슬펐다고.

"아, 글쎄, 찬재가 날 보더니 그냥 문을 닫더라."

그날을 생각하면 가슴이 미어진다. 지금이라도 어머니께 용서를 구할 수 있다면 좋으련만.

02.01.17
for AAA

복주머니

세뱃돈을 받았던 어느 설날이 기억난다. 세배하고 돈을 받을 때마다 예쁜 주머니에 차곡차곡 넣었는데, 말할 수 없이 행복했다. 다음 날 아침, 눈을 뜨자마자 이불 속 주머니를 찾아 만져봤는데, 납작한 거야. 얼른 열어보니 텅 비어 있었다. 그 순간의 놀라움은 두려움과 비슷했던 것 같다. 엄마에게 가서 말하니 엄마는 놀라지 않고 태연히 이렇게 말씀하셨다.

"세뱃돈, 엄마가 건사했어. 엄마가 잘 말아뒀다가 너 큰 담에 다 줄게."

엄마 말에 나는 안 된다는 소리도 못 했고 울지도 못했다. 왜 그랬을까? 난 그 돈이 다시는 내게 돌아오지 못한다는 걸 알았지. 엄마가 왜 가져갈 수밖에 없었는지 어렸지만 다 알고 있었다. 그랬더라도 울지. 울기라도 하지. 우리 집은 가난했다. 어린 나도 잘 알고 있을 만큼. 울어도 소용없다는 걸, 울어선 안 된다는 걸 알고 있었다. 얘들아, 너희는 가난이 무엇인지 아니? 그날 아침, 이부자리에서 만졌던 주머니의 감촉이 지금도 잊히지 않는다. 납작한 주머니, 텅 빈 주머니. 텅 빈 내 예쁜 주머니.

겨울

그렇게 매 순간
너희들이 보고 싶다

거울

우리 아이 좀
보세요

우리 아이 모습을 보세요.

자는 거냐고요?

네. 자는 거예요.

많이 뛰는 게 느껴지지요?

엉덩이를 보세요.

피곤함에 빠진 것 보이지요?

팔 좀 보세요.

낮잠 자는 아이,

꿀잠 자는 아이,

푹푹 크는 아이,

한잠 자고 나서

"엄마아" 하고 부르겠지요?

엄마 마음

병원에서 한 엄마가 아가한테 계속 말을 걸고 있었다. 젊은 엄마였
는데, 아가를 들여다보며 속삭이는 거야. 투명창이 있는 유모차 안
에서 아가는 가만히 엄마만 바라보고 있더라. 아파 보였어. 아픈 아
기도 애처롭고 아픈 아기를 바라보는 엄마 또한 얼마나 애달픈지.
그러다 생각나더라. 눈바람 거세게 불던 날 펄펄 열나는 아이를 부
둥켜안고 동네 병원으로 달려갔던 때가. 의사가 메디컬 센터로 가야
한다고 했을 때의 무서움도 생생히 기억났다. 1973년도였을 거야.
이제는 아빠가 된 아들은 전혀 모르는 이야기. 그렇게 엄마 마음을
덜컥덜컥 내려앉게 했었지, 아들아.
내 차례가 되어 혈압약 처방전을 받아쥐고 나오면서 아가와 엄마를
다시 돌아보았다. 아가가 웃고 있더라. 엄마도 웃고. 서로 바라보며
웃고 있더라. 그래서 나도 웃으며 나올 수 있었다.
한겨울, 정말 추운 아침이었다.

어른이
마음을 쏟으면

넓은 길을 어린이들이 건너간다. 파란불이 켜지자 선생님은 "모두 줄을 잡았지?" 하고 묻는다. 아이들은 단단히 줄을 잡고 선생님이 이끄는 대로 걸어간다. 맨 앞에 그리고 맨 뒤에 또 중간에 어른들이 있어서 안심된다. 몇 년 후 우리 아로도 유치원에 갈 테니까.

어른들이 마음을 쏟으면 아이들은 안전하다.
요즘 어른들은 뭐가 그리 바쁜지
다들 딴 곳을 보고 있구나.

24.01.17 For AAA

꽃이 만발하는
브라질의 겨울

잿빛 하늘 아래로 멀리서도 잘 보이는 이뻬나무. 대로에도 공원에
도 진분홍 이뻬꽃이 만발한 썽빠울로지만 실은 한겨울이란다. 이뻬
꽃이 만발하면 겨울 끝자락에 왔다는 거지만, 아직은 추워서 때때로
전기난로를 켜야 한다. 전기담요, 전기장판, 전기방석을 사는 사람
은 대부분 아시안이다. 브라질 사람들은 한겨울에도 의자에 앉아 무
릎 위에 담요를 덮고 텔레비전을 본다.

날이 추우니 수프 전문점도 늘 인기다. 수프가 맛있는 집을 알고 있
어. 빠울리스따 대로 아랫길, 주택가 한복판에 있는데, 어제도 만원
이었다. 한 테이블의 노인이 기침을 한다. 콜록콜록⋯⋯. 기침 소리
는 겨울을 알리는 소리다. 수프 종류도 다양해 하나를 골라서 맛본
다. 빵을 작게 손으로 뜯어 수프에 찍어 먹으며 내일은 누구랑 와야
겠다고 마음먹어본다.

아침엔 17도, 오후엔 25도. 오후 햇볕은 따갑기까지 하다. 처음 이민
왔을 땐 뭐가 춥냐고 의아했는데 오래 살다 보니 내복도 솜이불도

있어야 하는 7월이더라. 요즘 우리 내외는 약을 먹어도 기침이 멈추지 않는다. 생강차를 끓여 꿀과 레몬즙을 섞어 마시란다. 브라질 사람들의 처방이지.

메리
크리스마스

차가운 바람이 눈을 데리고 와 소복소복 마당에다 지붕에다 쌓아두
고 가는 12월, 집집마다 어린이들은 산타클로스 할아버지를 기다린
다. 거리에도 상점에도 크리스마스 노래가 울려 퍼지면 차가운 손을
주머니에 넣고 바삐 집으로 돌아가는 어른들도 메리 크리스마스 외
치게 되는 12월. 무더운 썽빠울로에선 만날 수 없는 모습이지만, 이
곳에도 크리스마스는 온단다. 브라질에 사는 아이들은 동화책을 읽
으며 크리스마스를 마음속에 새긴다. 그래, 무더운 썽빠울로에도 크
리스마스가 왔다.

샌프란시스코에 사는 조카들, 훼비와 멜로디 자매가 기대와 기쁨에
찬 마음으로 크리스마스트리를 장식하고 있다. 반짝이는 빨간 코 루
돌프가 끌고 올 썰매 위 산타클로스 할아버지를 기다리며 말이다.
브라질에서도 12월이 되면 크리스마스 장식을 팔기 시작한다. 우리
애들도 거실 구석에 플라스틱 트리를 두고 이것저것 매달며 깔깔 웃
는구나. 기대에 부푼 아이들은 늘 즐겁다.

크리스마스가 왔다. 한 해가 가는구나! 너희에게 줄 선물을 준비해
야겠다.

산타클로스

아로야, 크리스마스 재미있게 보냈지? 여기 스키를 타는 젊은 산타 클로스를 볼래? 난 산타 할아버지가 썰매를 타고 오는 줄만 알았는데 요즘은 달라진 모양이더라. 옛날보다 착한 아이들이 많아졌나봐. 그래서 선물도 많이 준비해야 하고, 기다리는 아이들을 위해 빨리 가져다주어야 하니까 스키를 잘 타는 젊은이들에게 이 행복한 일을 맡긴 거겠지. 아로야, 넌 울지 않았으니까 선물 많이 받았을 거야. 알뚤과 알란에게도 물어봐야지.

그런데 참, 하나 이상한 게 있다. 언제부터인지 크리스마스가 다가와도 산타 할아버지를 기다리지 않는 아이들이 많아졌단다. 왜 그럴까? 생각이 많아진 까닭일까? 좀 더 생각해봐야겠다.

까치 소리

한국에 돌아와서 아주 반가웠던 게 있다. 이사 온 첫날, 아파트 나무 숲 사이에서 너무도 반가운 소리를 들었거든. 36년 만에 들어보는 까치 소리. 조금도 달라지지 않은 그 소리.

감나무에 앉아 바삐 감을 쪼아 먹으며 친구를 부르는 까치들. 예전 농촌에선 감을 다 따지 않았단다. 추운 겨울, 먹이가 귀할 까치를 위해 까치밥으로 남겨두었지. 그렇게 친구 같은 까치들이 이젠 과수원의 골칫덩이가 되었다고 하더라. 왜 까치들은 과수원 사과를 쪼아먹게 되었을까? 옛날엔 그러지 않았는데.

01.01.17
For ААА

세배

두 살도 안 된 아로가 새해 아침 할아버지와 할머니께 세배를 한다.

한복도 제대로 갖춰 입었다. 아마 엄마한테 세배를 배웠나 보다.

"세배 드려, 아로! 잘하잖아?"

엄마와 아빠는 응원하고, 아로는 정말 넙죽 엎드려 절을 한다.

하면서도 좀 불안했는지 살짝 고개를 돌려 엄마를 본다.

'엄마, 이렇게 하는 거 맞아요?' 하고 묻듯.

그 모습이 너무도 대견해 어쩔 줄을 모르겠더라.

내년에는 혼자서 절도 하고,

새해 복 많이 받으라는 말도 할 수 있게 되겠지.

그럼 우리는 이렇게 말해줄 거야.

"우리 아로, 새해 복 많이 받아라! 아차, 세뱃돈을 줘야지!"

저길 좀 봐!

썽빠울로 근교에 오르기 좋은 산이 있다는 이야기는 했었지? 아찌바이아 산인데, 오늘 친구가 보내준 사진을 보다가 재미있는 걸 발견했단다. 사진 속 모든 사람이 손을 들어 뭔가를 가리키는데, 방향이 다 같더라고. 무얼 본 걸까? 무엇이 그들을 사로잡은 것일까?

29.12.16
For A A A

거울   250

코, 코, 코

할아버지에게 한국말을 배우고 있는 아로.

"코, 코, 코~ 입!"

"코, 코, 코~ 귀!"

"코, 코, 코~ 이마!"

집게손가락으로 코를 계속 두드리다가

갑자기 귀에다 갖다 대며 "입!" 한다.

이때 덩달아 귀를 잡으면 안 되는 거야.

얼른 입을 가리켜야지.

옛날부터 내려오는 말 배우기 놀이!

06.04. 1
FOYAA

밤의
벚꽃 놀이

겨울은 길고 추웠다. 마침내 그 겨울이 떠나는 낌새가 보이자 벚꽃이 소리 없이 돌아왔다. 익숙한 모습으로 이 도시를 찾아왔다. 벚꽃, 여럿이 함께 모여 화려하게 피어나는 까닭은 빨리 지기 때문일 거다. 올 때마다 갈 때를 동행하는 벚꽃. 머지않아 이별할 걸 알기 때문에 우리는 밤에도 불을 켜고 벚나무 아래로 간다.

13.01.17
for AAA

영국
꼬마 근위병

꼬마 근위병과 영국 왕실의 근위병.

함께 있는 모습이 정말 귀엽지 않니?

네 번째 생일을 맞는 아이가 여왕이 계신 윈저성에 가고 싶어 했고,

엄마는 그런 아들에게 이렇게 빨간 근위병 옷을 입혔지.

성에 가고 싶은 어린 아들의 마음과

데려가고 싶은 엄마의 마음이 하나가 된 거다.

국민의 사랑을 이렇게 듬뿍 받고 있는 할머니 여왕,

그녀를 향해 힘 있게 경례를 올리는 작은 손.

와아, 모두가 아름답구나!

14.01.16
For AAA

나무와
한 몸이 되었네

알란이 나무에 오른다.

오르다가 잠시 숨을 고른다.

그 모습을 발견한 엄마가 소리친다.

"올라가지 마!"

"……."

"떨어진다니까?"

알란은 나무를 감싸 납작 엎드려 가만히 있다.

고개를 돌려 다시 보니 알란은 없고, 불쑥 굵어진 나무만 보인다.

어라, 알란이 나무가 되었네.

아이들

아이들은 아이들끼리 논다.

쫑알쫑알, 재잘재잘, 즐겁게도 떠든다.

아프리카 아이들은 자연 속에서 재미있게도 노는데,

한국 아이들은 무엇을 하며 놀까?

요즘 썽빠울로 골목에선 아이들끼리 노는 모습이 보이질 않아.

14.12.17 For AAA

길고양이의
삶

사람들이 살던 곳, 이제는 다 허물어진 곳에 고양이가 앉아있다. 재개발을 앞둔 동네, 오래되어 위험한 건물들을 허물어야 하니 이곳에 살던 사람들은 떠나야 한다. 먹이는 물론 쓰레기도 없고, 쓰레기가 없으면 쥐들도 없고……. 그래서 외롭고 허기진 고양이들이 생겨난다. 추운 날, 배고파 울어대는 길고양이들을 위해 먹이를 챙겨주는 사람들이 있다니 참 고마운 일이다.

'고양이는 개와 달리 사람을 따라가지 않고 사는 곳을 지킨다'는 말이 생각난다. 돌아가신 어머니가 해주신 말이었나? 그런 것 같아.

고래의
죽음

오늘 슬프고도 놀라운 일을 들었단다. 수백 마리의 고래가 함께 죽은 이야기지. 뉴질랜드의 한 바닷가 모래밭으로 사백열여섯 마리의 고래가 갑자기 올라왔다고 해. 살고 싶지 않아서 그랬을까? 이백 마리씩 두 번에 걸쳐 올라왔다는 것도 이상하다. 사람들은 한 마리라도 살려 보내려 애를 썼다. 바다로 돌려보내려고 갖은 애를 썼다지. 얼마 전 북대서양 어느 고래 배 속에 인간들이 버린 온갖 쓰레기들이 꽉 차 있었다는 기사를 본 적이 있었는데, 고래들이 죽음으로 인간에게 무언의 항의를 한 것일까? 오늘은 종일 마음이 무거웠어. 고래를 좋아하는 아이들이 자꾸 생각나서…….

그렇게 매 순간 너희들이 보고 싶다

모래 장난

아이가 강가에서 모래 장난을 한다.
한참을 앉아 가만가만 손으로 모래를 만지작거린다.
너희에게 문제를 낼게.
아이는 지금 무슨 생각을 하고 있을까?

겨울

그렇게 매 순간 너희들이 보고 싶다

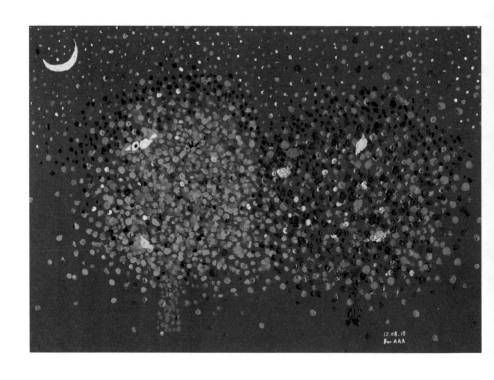

거울

새들은
어디에서 잘까

우리 동네 새들은 다 어디에서 자나요?

아이들은 왜 묻지 않을까?

다 알고 있는 걸까?

우리 동네 아파트 마을엔 나무가 아파트만큼 많다.

밤에 아래를 내려다보면 온통 깜깜한 숲이다.

문득 새들은 아침이면 나무를 떠났다가 해거름이면 몰려든다고 한

옛날 시가 생각난다.

한 번도 본 적 없지만 새들은 나무에서 잔다고 믿었다.

요즘 애들도 그럴 것이다.

하늘엔 총총한 별,

낮에 있었던 이야기들을 나누던 새들이 모두 잠든 숲,

조용한 어둠 속에서 마음 놓고 자기를…….

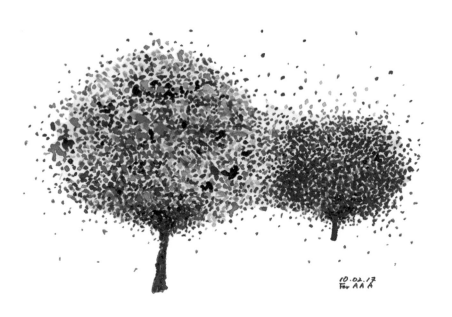

10.02.17
For A A A

거울

268

꽈레즈마
바다

2월이면 썽빠울로 어디서나 만날 수 있는 꽃나무를 그렸단다. 연분홍색, 진분홍색, 보라색……. 한 나무에 여러 가지 색의 꽃이 피어나지. 꽃 모양은 같은데 색깔만 달라 볼 때마다 신기해. 이름은 꽈레즈마. 예수님의 죽음과 부활을 생각하는 때에 피어난다고 해서 붙여진 이름이야.

언젠가 썽빠울로 근교 빠라나삐아까바의 산 정상에서 맞은편을 봤는데 산 전체가 꽈레즈마였다. 아름다운 꽃의 바다가 하늘에 펼쳐져 있었어. 한 번도 본 적 없던 정말 장엄하고 신비한 광경이었단다. 지금도 눈앞에 있는 듯 생생해.

돌아온
펭귄

리오 데 자네이로에서 가까운 일랴 그란지 섬에 조앙이라는 노인이
살고 있었다. 어느 날, 집 앞에서 기름 범벅이 된 채 다 죽어가는 펭
귄 한 마리를 발견했다. "아이고, 불쌍한 것! 어떻게 이렇게……."
조앙은 정성을 다해 기름을 닦아주기 시작했다. 씻기고 먹이고 해서
마침내 네 살짜리 펭귄을 살려냈다. 그런데 돌려보내려 해도 녀석은
돌아가지 않았다. 그렇게 오막집에서 같이 살다가 결국 떠나갔는데,
'딩딩'이라는 이름까지 받은 그 펭귄은 놀랍게도 4개월 만에 다시 조
앙 할아버지를 찾아왔다.
그 후로도 딩딩은 매년 조앙을 찾아와 몇 달씩 살고 간다. 생각할 줄
아는 펭귄 딩딩은 분명 브라질 말을 알아듣는 거야. 놀랍지 않니? 우
리가 모르는 세계, 동물의 세계!

12·12·16
For AAA

링컨 기념관 앞
풍경

3년 전 여름, 워싱턴에 갔을 때 우린 링컨 기념관에 올라갔어. 미국 사람, 유럽 사람, 중국 사람, 일본 사람, 한국 사람, 남미 사람, 그리고 나…… . 나는 사람들 틈을 헤치고 헤쳐서 높은 곳에 앉아 있는 그분 앞으로 갔다. 링컨 대통령을 우러러보며 다른 이들과 똑같이 사진을 찍고, 또 찍었다.

밖에 나와 계단에 서서 멀리 바라보니 여러 가지가 떠올랐다. 어렸을 때 위인전에서 읽은 가난한 소년이 책을 빌려다 공부했다는 이야기부터 역사 시간에 배운 남북전쟁, 그리고 소설 《바람과 함께 사라지다》까지.

슬슬 계단을 내려와 잠깐 물가 벤치에 앉았을 때였다. 누군가가 빵 조각을 던져준 모양이야. 큰 새, 작은 새, 온갖 새들이 푸드덕, 푸르르 소리 내며 날아오고, 오리도 뒤뚱대며 걸어오고. 놀라운 건 다람쥐도 쪼르르, 어디서 봤는지 강아지도 강중강중 뛰어오는 거야. 그런데 이 녀석들, 서로 다투질 않더라.

링컨 대통령한테서 잘 배웠던 거야. 큰 의자에 두 손을 편히 내려놓고 그분은 매일 새들과 나무와 오리와 다람쥐와 강아지와 친구 하며 이런저런 이야기, 더불어 살아가는 이야기를 해주신 거지.

러브체인

아파트 베란다 벽에 심은 러브체인. 이름도 아주 사랑스러운 식물이지? 1979년이었나? 도쿄에서 몇 년 살다가 돌아온 친구가 있었는데 그때 꽃꽂이를 배우며 자격증도 땄었대. 그 친구 집에 놀러 갔다가 러브체인이라는 이 귀여운 넝쿨 몇 뿌리를 받아왔단다. 집에 와서 옮겨 심어 열심히 들여다보았더니 조금씩 뿌리를 뻗어가더라. 잎은 이름에 걸맞게 하트 모양이었지. 이후 머지않아 이민을 떠나야 했고, 그 러브체인은 이웃에게 분양해주었단다.

그렇게 썽빠울로에서 자리를 잡고 다소 여유가 생겼을 때 우연히 꽃집에 걸려 있는 러브체인을 발견했다. 뭐라 말할 수 없는 반가움, 이 멀고 먼 땅에도 러브체인이 있다니! 그 화분을 사서 집으로 돌아오는 길에 인연이라는 말을 떠올렸다.

러브체인은 금세 자리를 잡아 꽃을 피우더니 줄기마다 브라질 사람들이 '감자'라고 부르는 콩만 한 열매 같은 것이 맺혔다. 그 부분을 떼어내 분갈이를 하면 다시 넝쿨을 만들어 내리기를 여러 번, 그렇게 화분이 꽤 많아졌단다. 다시 한국으로 돌아올 때 꽤 많은 이웃들에게 나눠주고 왔는데, 두어 달 전 러브체인이 잘 자라고 있다는 소식을 전해 듣고는 참 흐뭇했어.

그렇게 매 순간 너희들이 보고 싶다

거울

아기는 모두
천사다

젊은 엄마가 아기를 안고 길을 간다. 채 40일도 안 돼 보이는 아기는 크고 동그란 눈을 굴리며 이것저것 두루두루 볼 게 많다. 신기한 게 많은 모양이야. 라파엘의 그림에 나오는 아기 천사 그대로다. 그러다가 아기와 눈이 마주쳐 얼른 손을 흔들어 보이며, 나도 모르게 잼잼을 했더니 아기가 퍼드득댄다. 그렇게 한참을 뒤따라갔어. 천사 같은 아이. 집에 돌아오자마자 할아버지에게 그려달라고 했다.

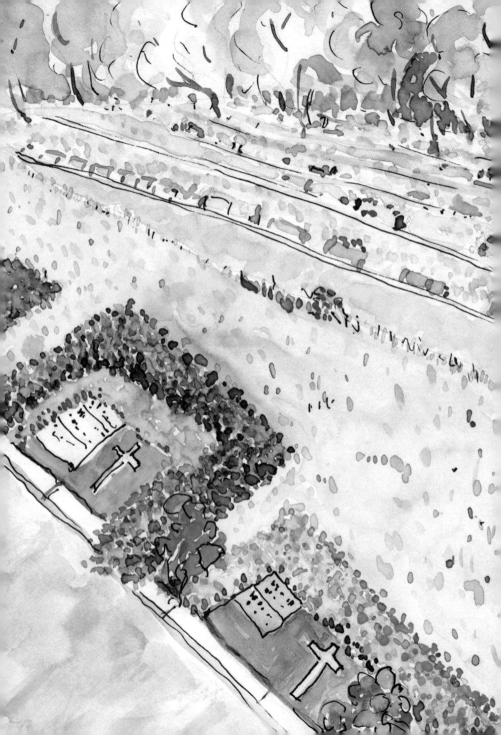

성묘의
날에

썽빠울로의 겟세마네 공동묘지에 너희 형제를 데리고 간 것이 알뚤이 4학년 때였나? 브라질 사람들이 아주 많이 왔단다. 성묘의 날이었거든. 날씨는 더웠지만 바람은 시원히 불었다. 묘지마다 꽃들이 꽂혀있어서 죽음의 그림자는 어디에도 없었다. 우리 식구들은 웃으며 잡풀을 뽑고 이름이 새겨진 동판을 닦았지. 반짝반짝 닦았어. 그러고는 향을 꽂고 술잔에 술을 따라놓고 두 손 모아 고개 숙여 절을 했어. 너희들도 술잔에 술을 따라 그 앞에 놓았지. 내가 나의 부모님이 죽어서 여기에 누워 있다고 하며 계속해서 이렇게 말했어.

"할머니도 할아버지도 죽으면 여기 묻힐 거야."

그냥 그렇게 말했어. 아니 꼭 말하고 싶었단다. 어린 손자들에게 죽음이라는 걸 말해주고 싶었다. 그날은 하늘이 맑고, 사람들은 조용조용 움직였고, 묘지마다 꽃들이 아름다웠기에.

그런데 너희는 할아버지 할머니가 죽을 것이고, 땅속에 묻히게 될 거라는 말에 놀랐나 보더라.

"할아버지 할머니도 죽어요?"

"그럼, 사람은 누구나 다 죽는단다."

집에 돌아간 알뚤은 엄마한테 산소에 갔던 얘기를 하며 할아버지 할머니가 죽어서 땅에 묻히는 것이 정말이냐고 물어봤다지?

모든 건
마음에 있는 것 같구나

브라질에 처음 도착해서 살 집을 구하러 다니다가 놀라운 사실을 알게 됐어. 그걸 꼭 이야기해주고 싶구나. 글쎄 공동묘지가 동네 한복판에 있지 뭐겠니? 복덕방 직원의 안내로 아파트 높은 층 집을 구경하다가 창문으로 밖을 내다보고는 소스라치게 놀랐어. 바로 아래 푸른 나무들이 많이 있어서 공원인가 했는데 공원이 아니라는 거야. 공동묘지였지.

동시에 떠오른 생각, '비 뿌리고 바람 부는 날은 어쩌지?' 동네가 썽빠울로 중심 구역이었는데, 한국에선 있을 수 없는 일이었지.

상갓집 조문을 갔다가 브라질 사람들을 보았는데 관 속에 누인 시신 얼굴에 키스도 하고 손도 만져주고 있더라. 산 자와 죽은 자의 거리가 없다고 해야 할지, 죽음에 대한 인식이 우리와 다르다고 봐야 할지 한동안 충격에 빠졌었어.

이제 몇십 년 살다 보니 조문 가면 나도 꼭 관 가까이 가서 얼굴을 보게 돼. 그러는 것이 이상하지 않게 됐어. 모든 것은 마음에 있다는 것

을 알았어. 마음이 그렇게 이끄는 것이지. 죽음을 무서워하는 것은
오랜 관습에서 오는 것이었어. 브라질 사람들로부터 죽음에 대한 새
로운 해석을 배웠단다.

18.12.2018 For AAA

그렇게 매 순간 너희들이 보고 싶다

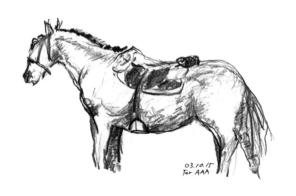

03.10.15
For AAA

경찰이 타고 가는 말을 보자마자

너희가 들여다보던 창가의 고추나무를 보자마자

화분에서 막 피어난 꽃을 보자마자

길가의 민들레를 보자마자…….

그렇게 매 순간 너희들이 보고 싶다.

할아버지, 할머니는 그래. 매 순간.

많은 시간이 흐른 후 아이들이 문득 할아버지와 할머니가 생각나는 어느 날, 그런 날이 분명 있을 게다. 나는 지금 그때를 생각해본다. 고요한 마음으로 할아버지 그림을 보게 될 그때를, 그림 곁에 적힌 할머니의 이야기를 읽게 될 그때를.

아이들은 이렇게 생각할지도 모른다. '할아버지, 할머니도 젊은 시절이 있었구나.' '진짜 전쟁도 겪었어. 피란도 갔어!' '할아버지는 노래를 잘 불렀다면서 왜 우리가 좋아한 아이돌 노래는 배우지 않았을까?' '내가 어릴 때 이랬구나. 할아버지 할머니랑 많이 놀았었네…….'

그림을 그리고 있는 남편. 안 보는 척 슬쩍 남편 얼굴을 바라본다. 입가의 주름은 깊어지고 어느새 백발이 된 남편. 보청기를 꽂아도 잘 들리지 않아 가장 즐기는 텔레비전 프로그램이 바둑과 당구 같은 스포츠인 남편. 그런데도 한국이, 북한이, 미국이, 중국이, 일본이, 러시아가, 브라질이 그리고 세계가 어떻게 돌아가는지 다 알고 있는 신기한 남편. 남편을 바라보며 늙으면 다 신령이 된다는 말을 믿게 된다. 당신은 우리 집을 지켜주는 수호신.

브라질에서 우리는 열심히 일했다. 꾀를 부리지 않았다. 우리 물건을 사준 이들은 다 브라질 사람들이었고, 그들이 그저 고마웠다. 브라질은 푸근한 사람들이 사는 나라다. 말이 서툴러도 다 알아듣고, 누가 넘어지면 달려와 부축해주고 물을 가져와 마시라고 하는, 고맙다는 말을 아주 잘하는 사람들이 사는 곳이다. 몰래 곁눈질하는 걸 모르는 사람들의 나라다. 그래서 우리도 그곳에서 웃으며 살았다.

"36년 만에 고향에 오니 좋지요?" 하고 묻는 이들이 많다. 이제 고향은 어디에도 없다. 아니다. 나에게 이제 고향이 더 많아졌다. 서울도 내 고향이고 통영도 내 고향이고, 부산도 쎙빠울로도, 지금 살고 있는 부천도 내 고향이다. 저 멀리 있어서 '언제나 가려나' 하는 평안도 박천은 아주아주 오래된, 참으로 아련한 내 고향이다.

"왜 다시 한국으로 오셨어요?" 하고 묻는 이들도 있다. 모르겠다. 브라질에서 36년이나 살다가 왜 한국으로 돌아왔는지. 답이 없을 리 있겠냐고? 아니다. 삶에는 답이 없는 것도 있더라.

어떤 땐 어려움과 고통이 세 번 네 번 쓰나미처럼 겹쳐서 오기도 했다. 잠자는 것도, 아침에 눈 떠지는 것도 무서울 때가 있었다. 누구 하나 만나기도 두렵고 싫을 때도 있었지. 그럴 때 가족과 친구들의 도움, 그리고 시간의 도움이면 어느 순간 스르르 해결되곤 했다. 그렇지 않고서 어찌 살아낼 수 있었겠니. 우선 "왜 그래? 누가 그랬어?" 하고 나서줄 내 편, 내 언덕, 내 식구들이 있는 곳이 곧 고향이다.

글을 쓰다 색이 예쁜 목도리에 새로 산 청바지를 입고 집을 나섰다. "잠이 잘 안 오는데 어쩌지요?" 하고 의사에게 물어볼 참이다. 공원에는 오늘도 아이들이 많다. 이리저리 달리며 웃고 뛰노는 아이들의 모습은 얼마나 평화로운가. 어느 아이가 갑자기 와앙! 하고 운다.

어디지? 누구지? 왜지? 나도 모르게 다급해진다. 빙 둘러 있는 대여섯 명의 아이들. 눈물을 닦아주는 아이, 무릎을 쓰다듬는 아이, "괜찮아. 피 안 나" 하고 위로하는 아이……. 누가 울었는지 모를 한 무리의 아이들이 다시 일어나 우르르 뛰어간다. 다시 웃음소리가 터진다. 한참을 앉아서 아이들을 보았다. 그러다가 그냥 집으로 돌아왔다. 병원은 아예 잊어버린 게지.

아이들의 웃음소리는 모든 이를 행복하게 한다. 마음이 답답할 때나 우울할 때 들으면 다 잊어버리게 되는 아이들의 웃음소리. 너희는 알고 있니? 밝고 맑은 너희 소리는 혼자 있는 이에겐 그 외로움을 잊게 해주고, 오랫동안 입원해 있는 환자의 아픔도 고쳐준다는 사실을. 너희의 웃음소리가 얼마나 신비한 힘을 가지고 있는지 우리는 슬프게도 잊고 있을 때가 많다. 그래도 걱정하지 말자. 너희는 늘 웃지 않니? 그 웃음이 인생에서 얼마나 중요한지, 때때로 떠올리자.

우리의 이야기를 한 권의 책에 담고 보니 문득 지나온 인생이 보이더라. 어떤 때는 눈앞에 놓인 하루하루 살아내는 게 무척 힘들고, 벅차고, 피곤하기만 했을 때가 있었지. 그런데 여기 서서 돌아보니까 모든 순간이 아름다웠더라. 찬란했더라. 참으로 삶은 아름다운 것이었더라. 너희에게 꼭 이 말을 해주고 싶었어.